UNE JEUNESSE AU TEMPS DE LA SHOAH

Paru dans Le Livre de Poche :

UNE VIE

SIMONE VEIL

Une jeunesse au temps de la Shoah

Extraits d'*Une vie*

NOTES D'ISABELLE HAUSSER

STOCK

L'idée d'extraire de ma biographie les quelques passages qui peuvent être regardés comme d'utile pédagogie vis-à-vis de la jeunesse d'aujourd'hui m'a paru séduisante.

C'est la raison pour laquelle j'ai accepté la proposition de l'éditeur.

Simone VEIL

Simone Veil a marqué son époque. Son étonnant parcours professionnel et politique l'a transformée, malgré elle, en symbole de la femme moderne : mère de famille, mais aussi magistrat, ministre et promoteur de la loi sur l'avortement, député européen et président du Parlement européen, membre du Conseil constitutionnel et de l'Académie française.

Pourtant, il s'en est fallu de peu que ce destin ne soit brisé par la guerre. En 1944, Simone Veil fut en effet déportée comme toute sa famille. Ni ses parents ni son frère ne devaient en réchapper.

Il nous a paru intéressant de regrouper dans une édition pédagogique destinée aux adolescents les quatre premiers chapitres de son autobiographie qui couvrent la période 1927-1954. Ce qu'elle a vécu durant ces années – où elle passa d'une enfance protégée à l'horreur des camps de concentration, puis retourna à la « vie normale » – sans pouvoir partager son expérience avec ceux qui ne l'avaient pas connue, s'inscrit en effet dans le nécessaire devoir de mémoire des jeunes générations. Source de réflexions, son sobre récit est également une leçon de courage et d'espoir.

L'ÉDITEUR

Pour Yvonne, ma mère, morte à Bergen-Belsen.
Pour Papa et Jean, assassinés en Lituanie.
Pour Milou et Nicolas, qui nous ont quittés trop tôt.
Ainsi que pour ma famille, pour le bonheur qu'elle m'apporte.
Maupassant, Maupassant que j'aime, ne m'en voudra pas
d'avoir emprunté le titre d'un de ses plus jolis romans pour
décrire un parcours qui ne doit rien à la fiction.

S. V.

UNE JEUNESSE AU TEMPS
DE LA SHOAH

I

Une enfance niçoise

Les photos conservées de mon enfance le prouvent : nous formions une famille heureuse. Nous voici, les quatre frère et sœurs, serrés autour de Maman ; quelle tendresse entre nous ! Sur d'autres photos, nous jouons sur la plage de Nice, nous fixons l'objectif dans le jardin de notre maison de vacances à La Ciotat, nous rions aux éclats, mes sœurs et moi, lors d'un camp d'éclaireuses… On devine que les fées s'étaient penchées sur nos berceaux. Elles avaient noms harmonie et complicité. Nous avons donc reçu les meilleures armes pour affronter la vie. Au-delà des différences qui nous opposaient et des difficultés qu'il nous fallut affronter, nos parents nous offrirent en effet la chaleur d'un foyer uni et, ce qui comptait plus que tout à leurs yeux, une éducation à la fois intelligente et rigoureuse.

Plus tard, mais très vite, le destin s'est ingénié à brouiller des pistes qui semblaient si bien tracées, au point de ne rien laisser de cette joie de vivre. Chez nous comme dans tant de familles juives françaises, la mort a frappé tôt et fort. Traçant aujourd'hui ces lignes, je ne peux m'empêcher de penser avec tristesse que mon père et ma mère n'auront jamais connu la maturité de leurs enfants, la naissance de leurs petits-enfants, la douceur d'un cercle familial élargi. Face à ce que furent nos vies, ils n'auront pu mesurer la valeur de l'héritage qu'ils nous ont transmis, un héritage pourtant rare, exceptionnel.

Les années 1920 furent pour eux celles du bonheur. Ils s'étaient mariés en 1922. Mon père, André Jacob, avait alors trente-deux ans et Maman, Yvonne Steinmetz, onze de moins. À l'époque, l'éclat du jeune couple ne passe pas inaperçu. André porte l'élégance sobre et discrète à laquelle il tient, tout comme il est attaché à la créativité de son métier d'architecte, durement secoué par quatre années de captivité, peu de temps après son grand prix de Rome[1]. D'Yvonne irradie une beauté rayonnante qui évoque pour beaucoup celle de la star de l'époque, Greta Garbo[2]. Un an plus tard naît une première fille, Madeleine, surnommée

---

1. Récompense accordée à l'issue de concours difficiles par l'Institut de France en peinture, sculpture, architecture, composition musicale et gravure. Le premier prix permettait de passer trois ans à la Villa Médicis de Rome. Simone Veil indique (p. 16) que son père avait remporté le second grand prix de Rome en architecture, ce qui constituait une importante distinction.
2. Actrice suédoise (1905-1990) d'une très grande beauté, surnommée « la Divine », elle fut l'une des premières grandes stars d'Hollywood.

Milou. Une nouvelle année s'écoule et Denise voit le jour, puis Jean en 1925, et moi en 1927. En moins de cinq ans, la famille Jacob s'est donc élargie de deux à six membres. Mon père est satisfait. La France a besoin de familles nombreuses, juge-t-il. Quant à Maman, elle est heureuse. Ses enfants remplissent sa vie.

Mes parents étaient tous deux nés à Paris, précisément avenue Trudaine, à deux pas l'un de l'autre, dans ce coin tranquille du neuvième arrondissement[1] où, au début du siècle, vivaient beaucoup de familles juives qui devaient plus tard émigrer vers d'autres quartiers. Bien que cousins éloignés, ils ne se connaissaient pas. Du côté de mon père, l'arbre généalogique fait état d'une installation en France qui remonte au moins à la première moitié du XVIIIe siècle. Mes ancêtres étaient à l'époque fixés en Lorraine, à proximité de Metz[2], dans un village où j'ai traîné ma famille il y a quelques années. Le dernier Juif du village, un allègre centenaire, veillait à l'entretien des tombes. Il nous a montré celles de nos aïeux. L'une d'entre elles datait des années 1750. On imagine l'émotion qui nous a étreints face à ces lointaines traces de notre présence dans ce village.

---

1. Cet arrondissement était habité par de nombreuses familles venues d'Allemagne. La population d'origine juive s'y installa également, comme le montrent les très nombreuses synagogues de ce quartier, dont la Grande Synagogue de Paris, rue de la Victoire.

2. Il existait dans le Messin une importante population juive, dont une partie venue de l'Allemagne toute proche. En 1791, ils furent 7 500 à être émancipés.

Avant même la guerre de 1870[1], mes ancêtres paternels avaient gagné Paris, où ils s'installèrent comme artisans. Ils fabriquaient des petites boîtes en argent promises à un certain succès, puisque leur vente s'étendit jusqu'en Europe centrale. Par la suite, leur commerce périclita et la famille dut adopter un train de vie plus austère. Mon grand-père occupait un poste de comptable à la Compagnie parisienne du gaz[2]. Il sut pourtant garantir à ses enfants de solides études, puisque mon père suivit les cours des Beaux-Arts et remporta le second grand prix de Rome avant de se lancer dans l'architecture. Son frère, quant à lui, était ingénieur de l'École centrale[3].

Comme tous les membres de ces familles juives assimilées, celle de mon père était profondément patriote et laïque. Ses aïeux étaient fiers de leur pays qui, dès 1791, avait accordé la pleine citoyenneté aux Juifs[4]. C'est à peine si la poussée d'antisémitisme qui secoua

---

1. Cette guerre (juillet 1870-janvier 1871) entre la France et la Prusse, qui était alliée à de nombreux États allemands, aboutit à la chute du Second Empire en France, à l'unification allemande et à la perte par la France de l'Alsace et de la Lorraine.
2. Société créée en 1855 à partir de la fusion de six sociétés gazières. Elle avait le monopole de l'éclairage et du chauffage par le gaz à Paris.
3. École d'ingénieurs créée en 1829, l'une des « grandes écoles » typiques du système français. Le père et l'oncle de Simone Veil avaient donc suivi des cursus très prestigieux.
4. Le 27 septembre 1791, l'Assemblée législative décida l'émancipation de l'ensemble de la population juive vivant sur le territoire français. Les communautés juives du sud de la France avaient déjà fait l'objet d'une mesure équivalente le 28 janvier 1790.

le pays lors de l'affaire Dreyfus[1] ébranla ces belles certitudes. Très vite, tout était rentré dans l'ordre lorsque la république reconnut l'innocence du capitaine. « Les descendants de 1789 ne pouvaient pas se tromper », aurait alors affirmé mon grand-père, tout en débouchant une bouteille de champagne pour fêter l'événement. Aussi, quand survint la déclaration de guerre de 1914, alors même qu'il venait d'achever son service militaire et ne rêvait que de se lancer dans la vie professionnelle, mon père partit au front, comme tous les Français de son âge. Mobilisé à Maubeuge dans le service des aérostats d'observation[2] des lignes ennemies, il fut fait prisonnier, dès octobre 1914, et demeura en captivité pendant toute la guerre dans des conditions de plus en plus difficiles après plusieurs tentatives d'évasion.

---

1. Accusé d'espionnage au profit de l'Allemagne, le capitaine Dreyfus fut arrêté et condamné en 1894 au bagne à perpétuité, bien qu'il clamât son innocence. Le capitaine Dreyfus étant juif, cette affaire opposa antisémites et partisans de Dreyfus, parmi lesquels Zola, qui s'indignaient de la manière dont avait été mené le procès. Il fallut plusieurs années pour faire éclater la vérité (la culpabilité du commandant Esterhazy et la fabrication d'un faux contre Dreyfus) et pour que les dreyfusards obtiennent, non sans de nouvelles péripéties juridico-politiques, la réhabilitation du capitaine et sa réintégration dans l'armée (1906). Cette affaire divisa profondément les Français.

2. L'utilisation de ballons pour observer les lignes ennemies remontait à 1794. Après avoir été abandonnés, ils furent réutilisés pendant la guerre de 1870. La IIIe République créa le service de l'aérostation militaire. Il est probable que c'est en raison de sa formation d'architecte et donc de sa maîtrise de la perspective qu'André Jacob fut affecté à ce service.

Ces années le marquèrent en profondeur. Dans notre enfance, nous ne retrouvions pas chez lui, dans son extrême attention à notre éducation, la fantaisie dont faisaient état ses amis de jeunesse. Quant à l'Allemagne, elle demeurait à ses yeux l'« ennemi héréditaire ». Il ne croyait pas à la réconciliation prônée par Aristide Briand[1].

Je dispose de moins de précisions sur les membres de ma famille maternelle. Ils étaient originaires de Rhénanie, ma grand-mère de Belgique, et s'étaient établis en France à la fin du XIXe siècle. Tout ce petit monde était foncièrement républicain et laïque, du côté de ma mère comme de celui de mon père, qui était à cet égard sans complaisance. J'ai souvenir d'un épisode survenu alors que j'avais huit ou neuf ans. Une cousine italienne, de passage à la maison, avait pris l'initiative de m'entraîner avec elle dans une synagogue. Lorsque Papa l'apprit, il prévint la cousine : en cas de récidive, elle n'aurait plus accès à la maison.

Très simplement, nous étions juifs et laïques[2], et n'en faisions pas mystère. Au jardin d'enfants, une condisciple de quatre ou cinq ans m'avait mise en larmes

---

1. Aristide Briand (1862-1932) : homme politique français qui, après la Première Guerre mondiale, en tant que ministre des Affaires étrangères, essaya de mettre en place, avec son homologue allemand, Gustav Stresemann, une politique de réconciliation dans le but d'éviter une nouvelle guerre mondiale. Il reçut le prix Nobel de la paix en 1926. Nombre de ses idées furent reprises après la Seconde Guerre mondiale.
2. Simone Veil entend par là que, quoique ne reniant pas ses origines juives, sa famille ne pratiquait ni le judaïsme, ni aucune autre religion.

en m'assurant que ma mère « brûlerait » en enfer, puisque nous étions juifs[1]. Cependant, j'ignorais tout de la religion. En 1937, visitant à Paris l'Exposition universelle[2], nous sommes allés déjeuner dans un restaurant où nous avons gaillardement commandé une choucroute. Lorsque les cousins chez qui nous séjournions l'ont appris, ils se sont écriés : « Mais vous vous rendez compte ! Manger une choucroute[3] ! Et le jour de Kippour[4], en plus ! » De cet épisode date le début de mon apprentissage des coutumes juives. Je reconnais sans la moindre honte qu'il est resté modeste.

Pour autant, mon appartenance à la communauté juive ne m'a jamais fait problème. Elle était hautement revendiquée par mon père, non pour des raisons religieuses, mais culturelles. À ses yeux, si le peuple juif demeurait le peuple élu[5], c'était parce qu'il était celui

---

1. Traduction enfantine de l'antijudaïsme entretenu pendant des siècles par le christianisme. Il fallut attendre la fin de la Seconde Guerre mondiale et le concile Vatican II (1965) pour que l'Église catholique modifie sa position.

2. L'Exposition internationale « Arts et techniques dans la vie moderne » eut lieu à Paris de mai à novembre 1937. Cinquante-deux pays y participèrent. L'exposition attira plus de 31 millions de visiteurs.

3. Il s'agit moins du chou, à la base de ce plat alsacien, que des saucisses et autres cochonnailles qui l'accompagnent traditionnellement. Le judaïsme proscrit en effet la consommation de porc.

4. *Yom Kippour* (jour de l'Expiation en hébreu), appelé « jour du Grand Pardon » en français, est jour de jeûne dans le judaïsme. En mangeant ce jour-là, et de surcroît du porc, la famille Jacob transgressait doublement les règles religieuses juives.

5. L'idée que le peuple juif est élu par Dieu, qui a conclu une alliance avec lui, figure à plusieurs reprises dans la Torah et donc aussi dans l'Ancien Testament des chrétiens.

du Livre[1], le peuple de la pensée et de l'écriture. Je me rappelle lui avoir demandé, je devais avoir quatorze ou quinze ans : « Est-ce que cela t'ennuierait que j'épouse quelqu'un qui ne soit pas juif ? » Il m'a répondu que pour sa part il n'aurait jamais épousé une femme non juive, à moins qu'elle ne soit… une aristocrate ! Devant ma surprise, il s'est expliqué : « Les Juifs et les aristocrates sont les seuls qui savent lire depuis des siècles, et il n'y a que cela qui compte. »

Cette observation m'a marquée. Non seulement elle confirmait chez lui un trait de caractère connu de nous tous, ce mélange d'originalité et de rigueur qui le caractérisait, mais elle donnait la mesure de son attachement aux choses de l'esprit. Quand nous étions enfants, après notre bain, nous nous rendions dans son bureau pour l'écouter nous lire des contes de Perrault ou des fables de La Fontaine. Plus tard, dès quatorze ou quinze ans, il ne supportait pas que nous nous délections de « petits romans », tels ceux de Rosamond Lehmann[2] ; il convenait de lire, non seulement les classiques, Michel de Montaigne, Jean Racine ou Blaise Pascal, mais aussi les modernes, Émile Zola

---

1. Le peuple juif qui, le premier, se rallia au monothéisme, est souvent appelé « peuple du Livre » par référence à la Torah. L'expression les « religions du Livre » est, elle, utilisée pour parler des trois monothéismes que sont le judaïsme, le christianisme et l'islam.

2. Romancière anglaise (1901-1990). Le père de Simone Veil n'appréciait pas ce type de lecture. Romans qu'on ne lit plus beaucoup aujourd'hui, mais qui eurent beaucoup de succès et qui offraient une vision personnelle de la condition féminine dans la société de l'entre-deux-guerres.

ou Anatole France, et même, à ma grande surprise, le sulfureux Henry de Montherlant[1]. Lui-même lisait beaucoup. Il pratiquait en outre avec talent le dessin et la peinture. Il s'y adonnait avec l'assiduité et le sérieux qu'il mettait en toutes choses. Je possède encore quelques jolies aquarelles de lui. En revanche, contrairement à ma mère, la musique ne faisait pas partie de son univers.

Quelques mots encore de la laïcité. Elle était notre référence. Elle l'est demeurée. Ma mère, athée comme je le suis moi-même, continue d'incarner à mes yeux le paroxysme de la bonté. Pour autant, je ne méconnais pas l'aide que peuvent apporter les religions aux croyants et je conserve, avec admiration, le souvenir de ces jeunes Polonaises que la vie du camp avait déjà réduites à un état quasi squelettique et qui s'obstinaient pourtant à jeûner le jour de Kippour. À leurs yeux, le respect des rites avait plus d'importance que leur survie. J'en demeure impressionnée.

J'ai évoqué notre visite de l'Exposition universelle; c'était un événement, car nous ne vivions pas à Paris. Deux ans après leur mariage, en 1924, mes parents avaient quitté la capitale pour s'installer à Nice. Mon père avait fait ce choix de la Côte d'Azur à la suite d'une intuition qui s'avéra juste, mais hélas, pour la prospérité

---

1. Écrivain français (1895-1972), auteur d'une œuvre importante, brillant styliste, élu à l'Académie française en 1960. Son côté « sulfureux » tenait à sa profonde misogynie et à ses orientations sexuelles.

entreprise, prématurée de quelques décennies. Il avait anticipé l'essor de la construction sur le littoral de cette Riviera[1] qui devenait alors à la mode. La ville de Nice, en particulier, connaissait un développement spectaculaire, dû en partie à l'afflux d'étrangers. Mon père, convaincu que la fortune l'attendait là-bas, décida donc de mettre le cap au sud. Maman ne vécut pas cette transhumance avec joie. À la demande de son époux, elle avait abandonné des études de chimie qui la passionnaient, pour se consacrer à sa maison et à ses enfants. Il lui fallait maintenant quitter Paris, ses amis, sa famille, les concerts qui lui plaisaient. Pourtant, elle ne rechigna pas. Elle possédait une solide abnégation personnelle et avait l'habitude de passer par profits et pertes ce que mon père considérait comme autant de détails secondaires. Impossible cependant de douter qu'elle ne m'ait transmis son désir d'autonomie. À mes yeux comme aux siens, une femme qui en a la possibilité se doit de poursuivre des études et de travailler, même si son mari n'y est pas favorable. Il y va de sa liberté et de son indépendance.

Durant les premières années, les affaires de Papa prirent, comme il l'avait prévu, un essor prometteur. Il engagea deux dessinateurs, une secrétaire, et dessina les plans d'une villa à La Ciotat, selon lui la première d'une longue série, sur des terrains ayant jadis appartenu aux frères Lumière[2] et qu'une société de bains

---

1. Nom donné à la côte méditerranéenne allant de Nice à la frontière italienne.

2. Auguste (1862-1954) et Louis (1864-1948) Lumière, ingénieurs français considérés comme les inventeurs du cinéma.

de mer venait d'acquérir. Nous vivions à Nice dans un bel immeuble bourgeois, situé dans le quartier des Musiciens[1]. Autant qu'il m'en souvienne, mes sœurs et moi partagions une vaste chambre, tandis que mon frère Jean avait la sienne. Je revois surtout l'atelier de dessin où mon père et ses collaborateurs travaillaient dans une atmosphère studieuse et concentrée, qui impressionnait la gamine que j'étais.

Cette situation faste dura peu. Si les années 1920 avaient été faciles, les années 1930 furent celles des difficultés. La crise économique, la fameuse crise de 1929[2], allait sévèrement frapper ma famille comme celles de nombreux Français. Les commandes de mon père se ralentirent brutalement. La situation se détériora d'autant plus qu'il manquait de souplesse vis-à-vis de ses clients, cherchant toujours à les convaincre de ses propres choix architecturaux.

Dès 1931 ou 1932, il fallut vendre notre voiture, quitter le centre-ville et emménager dans un appartement plus modeste, nettement moins confortable. Plus de chauffage central, mais un grand poêle dans l'entrée ; en place du parquet, un simple carrelage provençal ; pas de chambre pour mon frère, qui dormait dans la salle

---

1. Quartier élégant de Nice, dont de nombreuses rues portent le nom de musiciens célèbres.

2. L'effondrement des marchés financiers lors du krach boursier d'octobre 1929 à New York entraîna une très grave crise économique, d'abord aux États-Unis (la Grande Dépression), puis en Europe. La France fut particulièrement et durablement touchée. Le secteur du bâtiment étant toujours l'un des premiers à être affecté par les crises économiques, le cabinet d'architecte de M. Jacob ne pouvait que souffrir de la situation.

à manger. Désormais, nous ressentions au quotidien les difficultés financières auxquelles notre famille était confrontée. Même si la petite dernière que j'étais en avait une moindre perception que les autres membres de la famille, je voyais bien que Maman regrettait notre ancien appartement.

À l'âge de cinq ans, ces petites gênes matérielles m'affectaient peu. Au contraire, j'ai beaucoup aimé cet appartement de la rue Cluvier, le pittoresque de l'environnement, la proximité de la campagne. Nos fenêtres donnaient sur l'église russe, exacte reproduction d'une église de Moscou, construite à l'occasion de la visite du tsar en France[1]. Avant même l'arrivée de nombreux réfugiés fuyant la révolution d'Octobre[2], tout ce quartier s'était donc imprégné de culture russe. Près de chez nous, on trouvait des courts de tennis, eux aussi construits à l'occasion de la venue du tsar. Un peu plus loin, un boulevard portait le nom de Tsarévitch[3].

-----

1. Cathédrale orthodoxe Saint-Nicolas et Sainte-Alexandra, du nom du dernier tsar de Russie et de sa femme – exécutés avec leurs enfants en 1918 –, qui lancèrent une souscription pour son édification. Construite entre 1903 et 1912, elle s'inspire de l'église Saint-Basile sur la place Rouge à Moscou.
2. Le tsar Nicolas II dut abdiquer en février/mars 1917. En octobre/novembre de la même année, les Bolcheviks prirent le pouvoir en Russie et y instaurèrent le communisme. Nombre de Russes de l'aristocratie ou de la bourgeoisie émigrèrent alors. La Côte d'Azur étant depuis longtemps fréquentée par les Russes fortunés (ce qui explique la nécessité d'une église orthodoxe à Nice), une partie de ces émigrés vinrent tout naturellement s'y installer.
3. Nom donné à l'héritier du tsar.

Je revois notre chambre, son papier peint, bleu avec des dessins. Elle ouvrait sur un balcon où poussaient des plantes en pots, et au-delà sur le vaste jardin d'un horticulteur. Puis, très près de chez nous, passé quelques immeubles, la campagne commençait, avec un vrai petit bois de mimosas tapissé de violettes. Nous allions souvent nous y promener le dimanche, et lorsque nous avons été plus grandes, le jeudi avec les éclaireuses[1]. Le quartier est aujourd'hui méconnaissable. J'y suis retournée une fois ou deux. Tous les espaces verts ont été construits et intégrés dans la ville ; à peine ai-je retrouvé le lycée de garçons où mon frère suivait ses études et qui trônait au milieu d'un vaste parc. Il est aujourd'hui cerné d'immeubles. À l'époque, cette proximité constante de la mer, du soleil et de la campagne a fait de mon enfance un paradis.

Nous formions, mes sœurs et moi, un trio parfaitement soudé. Je nous revois dans la chambre, en train de faire nos devoirs toutes ensemble. Nous avions beaucoup de travail à la maison, même si, contrairement à ce que la rigueur de notre père aurait pu laisser croire, il ne nous poussait pas à l'excellence scolaire. Certes, nous passions sans encombre de classe en classe, mais les études n'étaient pas notre fort. Nous remportions des prix dans les matières qui nous intéressaient, mais pour le reste, nous nous contentions de faire ce qu'il fallait. Nos professeurs

---

1. La famille Jacob étant profondément laïque, c'est chez les Éclaireurs et éclaireuses de France, mouvement de scoutisme laïque, qu'allaient les enfants.

étaient pourtant excellents, pratiquement tous agrégés. Moi-même, sans être bonne élève, j'étais souvent le « chouchou » des professeurs. « Toi, on te passe tout, affirmaient certaines de mes camarades. Mais nous, si on en faisait le quart, on ne l'accepterait pas. » Ce n'était pas entièrement faux. Je pense à quelques professeurs qui m'ont beaucoup protégée. Parmi eux, alors que j'étais en sixième ou en cinquième, un jeune couple sans enfant m'emmenait goûter après la classe, et j'en éprouvais quelque fierté. Comme par ailleurs les amies de Maman lui répétaient qu'elle me gâtait beaucoup plus que mon frère et mes sœurs, parce que j'étais la petite dernière, j'ai longtemps eu le sentiment d'être surprotégée. Leurs prédictions étaient pourtant bien sombres : « Yvonne, tu gâtes trop Simone. Elle fait ce qu'elle veut, elle impose à toute la famille ses volontés. Elle va devenir insupportable, pourrie. » Un peu plus grande, j'allais volontiers chercher le dictionnaire pour trancher un différend sur le sens d'un mot.

Il n'y avait pas grand risque. Papa veillait au grain. Il m'installait toujours à sa droite à table, au motif qu'il fallait me surveiller. Il estimait que trop souvent je n'en faisais qu'à ma tête, que je me tenais mal, qu'il fallait parfaire mon éducation et que lui seul pouvait compenser le laxisme maternel. Et puis, très vite, il n'a pas apprécié mon esprit contestataire. Toute surprise qu'il ne se rende pas compte du caractère exceptionnel de Maman, je ne me privais pas de dire que je considérais beaucoup de ses décisions et interdits comme autant de brimades qu'il lui infligeait.

Pourtant, je n'avais pas l'impression de me conduire d'une manière bien originale. Je n'aimais rien plus que rester à la maison avec Maman. J'avais l'impression que je vivais mon plus grand bonheur en symbiose avec elle. Je me tenais contre elle, je lui donnais la main, je me blottissais sur ses genoux, je ne la lâchais pas. J'aurais volontiers vécu un amour exclusif avec elle. Pour autant, la fratrie était soudée. Nous acceptions l'auto-rité de Milou, qui était particulièrement raisonnable, et à laquelle Maman déléguait volontiers ses pouvoirs. Le soir, je ne me serais jamais endormie si l'une ou l'autre n'était venue m'embrasser. Quant à Jean, il veillait attentivement et affectueusement sur moi. Denise éga-lement, quoique déjà très indépendante.

Cette image d'enfant favorite, voire un peu capri-cieuse, m'a longtemps collé à la peau. À tel point qu'à notre retour de déportation, lorsque ma sœur aînée a revu une amie, celle-ci a eu l'inconscience de lui lancer : « J'espère qu'au moins la déportation aura mis un peu de plomb dans la cervelle de Simone ! » Lorsque Milou m'a rapporté la réflexion, j'ai été aba-sourdie. Quelle bizarre époque que ces années-là, où les gens n'avaient pas toujours conscience de l'impact de leurs propos. Pourtant, cette amie ne pouvait ignorer ce que nous avions vécu là-bas. Voulait-elle, comme tant d'autres, nier la réalité parce que celle-ci lui était insupportable ? Peut-être, mais en dépit de l'indulgence dont je suis capable, les remarques de ce genre n'appartiennent pas à la catégorie de celles que j'oublie volontiers.

Lorsque je repense à ces années heureuses de l'avant-guerre, j'éprouve une profonde nostalgie. Ce bonheur est difficile à restituer en mots, parce qu'il était fait d'ambiances calmes, de petits riens, de confidences entre nous, d'éclats de rire partagés, de moments à tout jamais perdus. C'est le parfum envolé de l'enfance, d'autant plus douloureux à évoquer que la suite fut terrible. Nos loisirs étaient simples, car hormis la lecture, notre père ne tolérait la musique à la radio ou une sortie au cinéma que de façon exceptionnelle ; je n'ai d'ailleurs gardé aucun souvenir des rares films que nous avons pu voir à cette époque. Nous passions l'essentiel de notre temps libre en famille, entre nous, ou plus tard, lorsque nous avons grandi, dans le groupe des éclaireuses dont nous faisions partie. En fait, je n'avais pas vraiment la sensation d'une coupure entre la vie familiale et celle que je menais en dehors de la maison, au lycée ou avec les éclaireuses. L'ensemble formait un environnement homogène, ce qui créait une sensation sécurisante. J'avais le sentiment que tout se jouait en famille ; mes parents fréquentaient certains de nos professeurs, les recevaient à la maison, partaient skier avec eux. Les éclaireuses étaient toutes des camarades de lycée, et nos familles se fréquentaient et se rendaient des services. Par exemple, c'est Maman qui confectionnait les cravates pour les éclaireuses. J'avais ainsi le sentiment de vivre au sein d'une communauté aux contours informels, mais à l'intérieur de laquelle les échanges étaient multiples et chaleureux. Aujourd'hui, quelques moments plus forts que d'autres échappent à l'oubli.

C'est ainsi que j'ai gardé souvenir d'un Noël
où mes parents avaient laissé partir mes sœurs skier
en montagne avec des amis. Nous sommes donc restés tous les trois à la maison. J'étais absolument ravie
d'avoir Maman pour moi toute seule.

L'été, nous partions en vacances familiales à La
Ciotat, dans la maison que mon père avait construite.
L'emploi du temps était chargé entre la plage, les jeux
dans le jardin, les sorties avec nos cousins. À Nice, ma
meilleure amie m'accompagnait depuis la huitième.
C'était une fille malheureuse chez ses parents, avec
lesquels elle s'entendait mal, des Juifs d'origine polonaise arrivés en France après le référendum de 1935
rattachant la Sarre à l'Allemagne[1]. Nous étions très
proches et Maman l'accueillait volontiers. Avec deux
autres éclaireuses, nous formions un quatuor insépa-
rable. Le cancer a trop tôt emporté mes trois amies.
Leur absence me pèse encore.

L'une d'entre elles et sa sœur, les filles Reinach,
avaient débarqué au tout début de la guerre sur la Côte
d'Azur. Leur père, Julien, conseiller d'État, avait été
exclu de la haute assemblée à la suite des premières lois

---

1. Après la Première Guerre mondiale, en application du traité
de Versailles (1919), la Sarre, territoire allemand, avait été placée
pour quinze ans sous mandat de la Société des nations (SDN). En
janvier 1935, un référendum fut organisé proposant aux Sarrois
de choisir entre un rattachement à l'Allemagne ou à la France.
Plus de 90 % des électeurs se prononcèrent en faveur de l'Allemagne. Ce référendum constitua le premier succès international
de Hitler.

antijuives de Pétain[1]. Elles habitaient la villa Kerylos[2] à Beaulieu, un endroit extraordinaire construit par leur grand-père, l'helléniste Théodore Reinach, au début du siècle, et qui se voulait la reconstitution fidèle d'une grande demeure de la Grèce antique. Immense et luxueuse, la « villa grecque » nous fascinait. Son luxe était fabuleux. Nous mangions dans des assiettes reproduisant la vaisselle grecque ancienne.

La politique, à cette époque, entrait à pas feutrés dans ma vie de lycéenne. J'étais en septième lorsque le Front populaire remporta les élections de 1936[3]. Les élèves des plus grandes classes étaient très impliquées. Elles portaient des insignes politiques, discutaient avec vivacité et commentaient les événements, les défilés, les grèves. L'une d'entre elles affichait dans sa chambre

---

1. Le 3 octobre 1940, le gouvernement de Vichy, dirigé par Pétain, adopta un premier « statut des Juifs » leur interdisant d'exercer un certain nombre de professions et les excluant de la fonction publique. Il y eut donc épuration, y compris au Conseil d'État. La famille Reinach préféra alors quitter la zone occupée.
2. Cette villa construite dans le style grec antique par l'architecte Emmanuel Pontremoli pour Théodore Reinach fut léguée par ce dernier à sa mort en 1928 à l'Institut avec un droit d'usufruit de cinquante ans pour ses enfants (cf. http://www.villa-kerylos.com/fr/kerylos/610-galerie_photos).
3. Les élections législatives d'avril-mai 1936 amenèrent au pouvoir une coalition de gauche – SFIO, parti radical-socialiste et parti communiste français – appelée « Front populaire ». Le socialiste Léon Blum devint chef du gouvernement. Porté par un immense espoir populaire, ce gouvernement prit des mesures sociales importantes (dont l'introduction des congés payés). Il ne put néanmoins se maintenir au-delà de juin 1937.

le portrait du colonel de La Rocque, chef des Croix-de-Feu[1]. Quelques années plus tard, la même, résistante dans le réseau Franc-Tireur[2], fut déportée à Ravensbrück[3].

Toute cette effervescence était nouvelle pour moi. D'une part, la politique n'avait pas droit de cité à la maison. D'autre part, j'ai appris plus tard que mes parents ne partageaient pas les mêmes opinions. Papa achetait *L'Éclaireur*[4], le quotidien de droite, tandis que Maman lisait *Le Petit Niçois*[5], de tendance socialiste, plus ou moins en cachette de Papa, ainsi que

---

1. Association patriotique d'anciens combattants (décorés de la Croix de guerre pendant la Première Guerre mondiale) créée en 1927, dirigée à partir de 1931 par le colonel de La Rocque. Anticommuniste et anticapitaliste, viscéralement nationaliste, elle fut dissoute par le gouvernement du Front populaire en 1936. Souvent assimilée aux mouvements politiques de type fasciste, elle fut en fait hostile au nazisme et à l'antisémitisme. Refusant la collaboration, le colonel de La Rocque constitua du reste un réseau de résistance et fut déporté par les Allemands en 1943.
2. Mouvement de résistance français, créé à Lyon en 1940 par Jean-Pierre Lévy. L'historien Marc Bloch en faisait partie.
3. Camp de concentration installé à environ 80 km au nord de Berlin. Il était initialement réservé aux femmes. Beaucoup de résistantes y furent internées, dont Denise, l'une des sœurs de Simone Veil (cf. *infra*).
4. Journal local fondé en 1883, très marqué à droite. Favorable à l'Italie fasciste et hostile au Front populaire, il se rallia vite à Vichy et à la politique de collaboration. Sanctionné à la Libération, il cessa de paraître fin août 1944.
5. Créé en 1879, de tendance radicale modérée. *L'Éclaireur* et lui se partageaient le lectorat de Nice. Opposé à Mussolini, ouvertement antifasciste, *Le Petit Niçois* finit néanmoins par se rallier à Vichy. Son attitude pendant l'Occupation aboutit à son interdiction et à l'exécution de son directeur.

les magazines de gauche ou du centre gauche comme *La Lumière, L'Œuvre, Marianne*[1]. De leur côté, la sœur de ma mère et son mari, tous deux médecins à Paris, ne dissimulaient rien de leurs opinions de gauche. Ils avaient eu des sympathies communistes, mais le voyage qu'ils avaient effectué vers 1934 en URSS les avait vaccinés. Tout comme André Gide, ils en étaient revenus déconfits, sans pour autant virer à droite[2].

J'ai conservé des souvenirs précis des premières années de l'Allemagne nationale-socialiste et de la montée de l'antisémitisme[3]. Les Français cultivaient le souvenir de la Première Guerre mondiale et évoquaient

---

1. *La Lumière*, sous-titré « grand hebdomadaire des gauches », fut fondé par Alphonse Aulard et Ferdinand Buisson qui participèrent aussi à la fondation de la Ligue des droits de l'homme. *L'Œuvre*, au départ journal radical-socialiste et pacifiste (il fut favorable au Front populaire), évolua à partir de 1940, sous la direction de Marcel Déat, vers la collaboration et l'antisémitisme. *Marianne* était un journal politique et littéraire très lu des milieux intellectuels de gauche. Il parut de 1932 à 1940.

2. Comme beaucoup d'intellectuels français, l'écrivain André Gide (1869-1951) avait salué l'expérience communiste. Invité par les autorités soviétiques et profondément déçu par ce qu'il avait vu, il publia en 1936 *Retour d'URSS* où il dénonçait le régime stalinien. Très critiqué par la gauche, il refusa néanmoins, comme l'oncle et la tante de Simone Veil, de se rallier à la droite.

3. Hitler arriva au pouvoir le 30 janvier 1933. Peu de temps après commencèrent le boycott des magasins juifs et les agressions contre les Juifs. Le 7 avril 1933, une loi exclut ceux-ci de la fonction publique. En 1935, les lois de Nuremberg institutionnalisèrent l'antisémitisme. Enfin, le 9 novembre 1938, au cours de la « Nuit de cristal », des synagogues, des établissements fréquentés par les Juifs furent vandalisés et incendiés.

l'hécatombe[1] qui avait décimé les familles. La guerre était restée omniprésente, et le péril allemand obsédant. Lorsque mon père évoquait les « Boches », car il ne disait jamais les Allemands, c'était toujours avec colère. Il les détestait. Lorsque Maman, par exemple, disait : « Si on avait écouté Briand et Stresemann[2], nos pays se seraient réconciliés et il n'y aurait pas eu Hitler », mon père répliquait : « De toute façon, on ne peut jamais s'entendre avec les Boches. »

Il reste que pendant des mois, sinon des années, peu de personnes ont compris ce qui se passait outre-Rhin. L'été 1934, pendant nos vacances à La Ciotat, Maman jouait au tennis avec un jeune homme de retour d'Allemagne après un séjour de plusieurs années. C'était Raymond Aron[3]. Il lui raconta ce qu'il avait vu à Berlin, la violence des rues, les autodafés de livres[4] organisés par les étudiants de l'université, bref, la montée du nazisme. Personne ne voulait le croire.

---

1. La Première Guerre mondiale fit 20 millions de morts, dont plus d'1,6 million pour la France.
2. Cf. note 1, p. 18.
3. Raymond Aron (1905-1983), philosophe et politologue dont les idées libérales et les analyses en matière internationale marquèrent profondément la vie intellectuelle française de l'après-guerre. Il passa trois ans en Allemagne entre 1930 et 1933 et fut frappé par la montée du nazisme.
4. Le terme « autodafé » provient d'une expression espagnole qui signifie « acte de foi ». Il était utilisé pour désigner l'exécution par le feu d'une personne condamnée par l'Inquisition. En l'occurrence, des livres d'auteurs juifs ou interdits par le régime national-socialiste furent brûlés dans les universités. Le plus célèbre autodafé eut lieu à Berlin le 10 mai 1933.

puis, très vite, des Juifs allemands se sont réfugiés à Nice[1]. La communauté juive s'est aussitôt organisée pour les accueillir. Maman avait, depuis la fin des années 1920, pris l'habitude de s'occuper de bébés dont les parents étaient en difficulté et de leur tricoter de la layette, dans les rares moments libres que lui laissaient son mari et ses quatre enfants. À l'époque, les aides sociales étaient quasi inexistantes et le sort des « pauvres », comme on disait alors, ne relevait pratiquement que de la charité publique. À partir de 1934, elle s'est occupée des réfugiés d'Allemagne et d'Autriche[2]. Plus tard, nous en avons même hébergé à la maison.

C'est que le flot des réfugiés ne cessait de croître. L'un des fils de Freud[3] s'était installé à Nice, comme photographe ; nous sommes devenues très amies avec sa fille, Eva, une camarade intelligente et pleine de charme. Elle fréquentait notre lycée et appartenait au même groupe d'éclaireuses que nous. Un peu plus âgée que moi, elle a connu par la suite un destin tra-

---

1. Plusieurs centaines de milliers de Juifs allemands prirent le chemin de l'exil entre l'arrivée de Hitler au pouvoir et le début de la Seconde Guerre mondiale.

2. Le 12 mars 1938, l'Allemagne annexa l'Autriche (Anschluss) sans susciter de véritables réactions internationales. Beaucoup de Juifs autrichiens quittèrent alors leur pays.

3. Sigmund Freud (1856-1939), inventeur de la psychanalyse. Il s'exila à Londres après l'Anschluss. Son fils Oliver (1891-1969) vint s'installer à Nice comme photographe en 1934 avant d'émigrer aux États-Unis en 1943, où il reprit sa profession d'ingénieur. Sa fille unique, Eva, refusa d'accompagner ses parents et mourut d'une septicémie dans d'affreuses conditions en novembre 1944.

gique puisqu'elle est morte peu de temps après, loin de ses parents, partis pour la Grande-Bretagne.

Nos tabous familiaux en matière de politique étaient tombés : la montée de l'hitlérisme les avait abolis. Désormais, l'afflux des réfugiés et les témoignages dont ils étaient porteurs alimentaient toutes les conversations. Certaines personnes, qui avaient fui l'Allemagne nationale-socialiste, rapportaient que les opposants politiques étaient internés dans un camp de concentration à Dachau[1], dans la banlieue de Munich. Ils évoquaient aussi les vitrines des magasins marquées de l'étoile de David[2]. On ne parlait pas encore des déportations de Juifs, mais tout le monde comprenait que la situation en Allemagne suivait un cours angoissant.

C'est en tout cas ce que je ressentais. J'ai un souvenir précis de l'effroi que j'ai éprouvé en voyant quelques actualités cinématographiques, consacrées du reste non pas à l'Allemagne mais à la guerre d'Espagne[3] et

---

1. L'un des premiers camps de concentration construits en Allemagne (mars 1933), il fut d'abord destiné à l'internement des opposants politiques. En tant que tel, son existence était connue hors d'Allemagne.

2. Symbole du judaïsme, l'étoile de David figure sur le drapeau d'Israël en bleu sur fond blanc. Réalisée dans un tissu jaune (comme la rouelle au Moyen Âge), elle fut utilisée par le régime national-socialiste pour identifier et stigmatiser la population juive qui était obligée de la porter (cf. *infra*).

3. Une terrible guerre civile eut lieu en Espagne entre juillet 1936 et avril 1939 entre républicains et franquistes. Elle se termina par la victoire de Franco, dont la dictature ne s'acheva qu'à sa mort, en 1975. Cette guerre servit aussi de répétition à l'Allemagne et à l'URSS qui y intervinrent, la première à l'appui des franquistes, la seconde soutenant les républicains.

la situation en Chine[1]. J'avais une peur terrible de la guerre, une sorte d'intuition, précoce et exacerbée. Vision prémonitoire des futurs périls ? C'est ce que prétendait ma sœur Milou, qui me l'a souvent rappelé, par la suite : « C'est toi qui étais à la fois la plus inquiète et la plus lucide sur la situation. Tu étais la seule à pressentir ce qui allait arriver. »

Au printemps 1938, avec l'Anschluss[2], la tension est encore montée d'un cran. À l'automne, les accords de Munich[3] n'ont pas dissipé le malaise. À la maison, tout le monde y était hostile, Maman bien sûr, parce qu'elle voyait ce que le pacifisme occultait de dangers, mais aussi Papa, soucieux de prendre au plus vite une revanche sur ces Boches, nos ennemis héréditaires. Quant à mes oncle et tante, médecins, ils étaient stupéfaits et outrés. Eux qui avaient soutenu les républicains espagnols, au point que mon oncle avait même envi-

---

1. En juillet 1937, le Japon déclara la guerre à la Chine. Soutenu par l'Allemagne, le Japon occupa une partie du pays et employa des méthodes d'une extrême brutalité à l'égard de la population civile (bombardement de Shanghaï ou massacres de Nankin).

2. Ce mot allemand désigne l'annexion de l'Autriche par l'Allemagne en 1938 (cf. note 2, p. 34).

3. Accords conclus le 30 septembre 1938 entre l'Allemagne d'un côté et l'Angleterre et la France de l'autre. Les opinions publiques française et anglaise redoutant la guerre, les dirigeants de ces deux pays, Édouard Daladier et Arthur Neville Chamberlain, acceptèrent l'annexion par Hitler du territoire des Sudètes qui appartenait à la Tchécoslovaquie depuis le traité de Saint-Germain-en-Laye (1919). Ces accords, qui ne firent que reculer la guerre d'un an, sont considérés comme le symbole de la capitulation des démocraties occidentales.

sagé de s'engager dans les Brigades intern
n'admettaient pas la non-intervention de la

Dans l'été 1939, l'entrée en guerre a été vécue par certains comme un soulagement. Dans les mois qui ont suivi, on plaisanta beaucoup à propos de la « drôle de guerre[2] ». Je ne partageais pas ce soulagement. Je me revois disant à ma sœur : « Tu sais, nous, on est convaincus qu'on va gagner, mais les Allemands sont aussi persuadés qu'ils vont gagner. » Ce n'était pas pessimisme de ma part, mais ce trait de caractère, que j'ai conservé, avec la manie de penser que les choses ne vont pas forcément de pair avec les vœux que l'on forme.

Pour autant, nous étions loin de nous douter de ce qui nous attendait. D'abord, au fil de mois interminables, l'attente des combats. Ensuite, la défaite, l'armistice, le régime du maréchal Pétain[3]. Enfin, les

---

1. Dès 1936, indignés que leurs gouvernements refusent d'intervenir en Espagne pour soutenir les républicains, des volontaires de très nombreuses nations (y compris des États-Unis) vinrent se battre en Espagne. Ils constituèrent des « Brigades internationales », très influencées par l'Internationale communiste (Komintern).

2. Alors que la France et le Royaume-Uni avaient déclaré la guerre à l'Allemagne le 3 septembre 1939, les troupes allemandes n'envahirent la France, la Belgique, les Pays-Bas et le Luxembourg que le 10 mai 1940. Cette période étrange de huit mois, où l'on était en guerre sans qu'il se passe rien, est appelée « drôle de guerre » en France.

3. Les forces françaises ayant été défaites par l'armée allemande, le 22 juin 1940, le gouvernement français, constitué le 16 juin par le maréchal Pétain, signa un armistice avec l'Allemagne, mettant fin aux hostilités et prévoyant l'occupation d'une partie de la France.

lois raciales et le déchaînement de la violence contre les Juifs.

En un mot, ce que nous ignorions, au sein de cette famille heureuse où l'on venait de fêter mes onze ans, puis mes douze ans, c'est que le paradis de l'enfance était en train de s'engloutir.

II

La nasse

Était-ce un signe avant-coureur ? Les choses se sont bel et bien déroulées ainsi : l'annonce de la déclaration de guerre[1], le 1er septembre 1939, demeure dans ma mémoire étroitement liée à des vacances interrompues par une maladie tardivement identifiée.

J'avais à peine douze ans et, comme chaque été, après la fin des classes, mes sœurs et moi étions parties avec les éclaireuses. Nous campions au mont Aigoual[2].

Un soir, alors que je me plaignais d'un mal de gorge, une amie me lança : « Tu dis ça parce que tu ne veux pas

---

1. Le 1er septembre 1939, l'Allemagne envahit la Pologne et les gouvernements français et britannique décrétèrent la mobilisation générale. Le lendemain, la France et le Royaume-Uni adressaient un ultimatum à l'Allemagne exigeant son retrait de Pologne. C'est le rejet de cet ultimatum, le 3 septembre, qui amena, le même jour, la France et le Royaume-Uni à déclarer la guerre à l'Allemagne.

2. Montagne du sud du Massif central, dans les Cévennes, à cheval sur les départements de la Lozère et du Gard.

aller chercher du bois pour le feu. » Je n'ai rien répondu, mais très vite le mal gagna d'autres filles et, au bout d'une dizaine de jours, le médecin diagnostiqua une épidémie de scarlatine. Chacune de nous devait regagner son foyer pour enrayer la contagion. Mes sœurs et moi avons alors rejoint mon oncle et ma tante médecins, ainsi que leurs enfants, dans leur maison de la région parisienne, pour y poursuivre nos vacances. Un jour, je fis voir mes mains à mon oncle ; elles pelaient de façon spectaculaire, l'un des symptômes de cette maladie. Il a déduit du calendrier que c'était moi qui avais dû transmettre la scarlatine à tout le monde, mais que la maladie arrivait désormais à son terme. Décidément, il n'y a pas de justice : mes sœurs avaient été beaucoup plus souffrantes que moi. Le 1er septembre, nous sommes donc rentrées toutes les trois à Nice, avec notre frère. C'est en y arrivant que nous avons appris la déclaration de guerre, triste couronnement de ces vacances ratées. L'été 1939 finissait mal.

En dépit de cette nouvelle fracassante, la guerre, Nice restait semblable à elle-même. Chacun vaquait à ses occupations, sauf bien entendu les hommes mobilisables, partis sous les drapeaux. Les tramways roulaient, nous avions normalement repris nos cours. Dans notre lycée de filles, le corps professoral, essentiellement féminin, était au complet. Chaque jeudi, chaque dimanche, le scoutisme mobilisait les enfants Jacob. Bref, cette guerre, qui n'engendrait aucun combat, à quelques escarmouches près, dont nous parvenait un écho feutré, nous semblait abstraite et lointaine. La vie familiale n'était guère plus perturbée. Papa, qui n'avait plus l'âge d'être mobilisé, travaillait toujours aussi peu. De loin en loin, il visitait les chantiers de La Ciotat, mais les affaires ne marchaient plus et, compte tenu de la situation, les perspectives n'étaient pas à l'euphorie. Maman enseignait dans une école primaire. Jamais en reste de bonté naturelle, elle s'occupait par ailleurs d'une de ses amies, atteinte d'un cancer.

Prévue ou non par les « experts », l'offensive allemande se déclencha le 10 mai 1940, telle la foudre, mettant un terme au ronron illusoire qui nous berçait depuis des mois. Les événements se sont précipités. Un mois, jour pour jour, après le début du Blitzkrieg[1], mon père m'emmena faire une visite à une vieille tante, qui résidait à Cannes. Lors d'un arrêt en gare d'Antibes, nous avons entendu un vendeur de journaux claironnant sur le quai : « Les Italiens nous poignardent dans le dos ! » C'était l'annonce que Mussolini[2] déclarait à son tour la guerre à la France. La réaction immédiate de Papa montra à quel point la nouvelle le bouleversait. Dès le retour à la maison,

---

1. Mot allemand signifiant « guerre-éclair ». Ce concept stratégique fut mis en œuvre à partir du 10 mai 1940 par l'Allemagne qui lança une offensive foudroyante contre la France, la Belgique et les Pays-Bas. Elle lui permit d'enfoncer les armées alliées et d'obtenir leur capitulation (exception faite de la Grande-Bretagne qui, ayant évacué ses hommes à Dunkerque, poursuivit seule la guerre).

2. Fondateur du fascisme, il avait pris le pouvoir en Italie en 1922. En mai 1939, il signa avec l'Allemagne le « pacte d'acier ». Au moment de la déclaration de guerre, en septembre, il s'abstint d'intervenir au côté de l'Allemagne. En revanche, voyant la France sur le point d'être défaite, il lui déclara la guerre le 10 juin (ainsi qu'au Royaume-Uni).

il nous expliqua que les Italiens allaient annexer le département des Alpes-Maritimes, affirmant avec certitude : « Nice risque d'être détachée de la France. Et nous, nous ne pourrons plus aller en France. » Le propos me paraissait pessimiste, mais savait-on jamais ? La revendication des Italiens sur le comté de Nice[1] était de notoriété publique.

Papa a aussitôt voulu nous mettre en sécurité en nous envoyant tous les quatre rejoindre nos oncle et tante qui, à l'annonce de l'entrée en France des troupes allemandes, s'étaient réfugiés près de Toulouse. Il nous a fourrés dans le train dès le lendemain et nous sommes arrivés là-bas sans encombre. Tout le monde était suspendu à la radio, en quête de la moindre information. C'est ainsi que, le 18 juin[2], nous avons entendu l'appel d'un certain général de Gaulle… Mon oncle et ma tante ont aussitôt décidé d'essayer de rejoindre Londres. Il n'était pas question de nous emmener, et nous sommes donc repartis chez nous aussi vite que nous étions arrivés. Je revois Maman, nous attendant sur le quai à Marseille. Nos retrouvailles furent émues ; nous étions à nouveau réunis.

---

1. En 1860, par le traité de Turin, Napoléon III obtint la cession du comté de Nice et de la Savoie (qui faisaient jusque-là partie du royaume de Piémont-Sardaigne). En échange, il promettait à Victor-Emmanuel II, futur roi d'Italie, son aide contre l'Autriche pour réaliser l'unité de son pays. La population du comté fut d'abord très hostile à cette annexion.

2. Le 18 juin 1940, depuis Londres, le général de Gaulle lança un appel invitant les Français à poursuivre les combats, alors que le maréchal Pétain s'apprêtait à demander un armistice. Cet appel, diffusé sur la BBC, marqua le début de la France libre.

À ce moment-là tout le monde perdait la tête, et la panique qui soufflait sur Paris n'épargnait pas les grandes villes de province. Pendant quelques semaines, le phénomène de l'exode[1] avait pris une ampleur folle. L'ambiance du pays était exactement celle qu'a décrite Irène Némirovsky dans son récit, *Suite française*[2]. Cette fièvre fut courte. Avec l'armistice, l'abattement et le silence lui succédèrent. Rien de nouveau ne se produisant, nous avons passé l'été à La Ciotat avant de regagner Nice, où, une fois encore, la vie a repris son cours.

Notre rentrée s'est effectuée normalement : le lycée le jour, la vie de famille le soir, les éclaireuses les jours de congé. En revanche, notre situation matérielle s'est rapidement dégradée. L'hiver a été très froid, et nous avions de réelles difficultés à trouver du charbon. Les restrictions alimentaires n'ont pas non plus tardé à survenir. Il est bien connu que la région de Nice produit plus de fleurs que de légumes et de laitages. La population vivait donc très mal, et nous de même. Dans ce contexte, quelle qu'ait été notre attention aux nou-

---

1. Nom donné à la fuite sur les routes de millions de civils français, paniqués par l'avancée de l'armée allemande en juin 1940.

2. Irène Némirovsky (1903-1942), écrivain de langue française d'origine russe et juive. Malgré le succès de ses ouvrages et sa totale intégration dans la vie culturelle française, elle fut déportée à Auschwitz et y mourut en août 1942. *Suite française*, publié de manière posthume en 2004 et couronné par le prix Renaudot, est composé des deux premiers romans d'une série qui, traitant de la défaite et de l'Occupation, aurait dû en comporter cinq.

velles en provenance de Vichy[1], nous avons été frappés de stupeur à l'annonce, dès octobre, du premier statut des Juifs[2]. Notre père, très « ancien combattant », admettait difficilement que ces dispositions portent la griffe du maréchal Pétain[3]. On sait ce qu'il en était. Les Juifs faisaient désormais l'objet d'une ségrégation administrative, parfaitement scandaleuse au pays des droits de l'homme : était « juif » quiconque possédait trois grands-parents juifs, mais seulement deux s'il était lui-même marié à un conjoint juif ! Ainsi définis, les Juifs se voyaient interdire toute activité dans le secteur public et la sphère médiatique, tandis que l'exercice d'autres professions était soumis à des quotas restrictifs. C'est ainsi qu'en décembre 1940 deux de mes enseignantes durent quitter leurs fonctions. Quant à notre père, qui n'avait déjà plus beaucoup de travail depuis des années, il se vit retirer le droit d'exercer son métier. Par chance, des amis architectes

---

1. Après l'armistice, la France fut coupée en deux : une zone occupée, au nord et à l'ouest, une zone libre au sud. Le gouvernement dirigé par le maréchal Pétain s'était installé en juillet 1940 à Vichy, en zone libre.

2. Ce statut du 3 octobre 1940 interdisait aux Juifs d'exercer certaines professions. Calqué sur les mesures allemandes, il adoptait des règles voisines, indiquées plus loin par Simone Veil, pour déterminer qui était juif et qui ne l'était pas.

3. Pour les anciens combattants de la Première Guerre mondiale, le maréchal Pétain était le vainqueur de Verdun et celui qui avait rétabli la confiance des soldats après les mutineries de 1917. Il jouissait donc d'une immense popularité qui explique que, malgré son grand âge (il avait 84 ans en 1940), il ait été considéré comme seul capable de faire face à la situation créée par la défaite.

l'aidèrent en lui confiant quelques tâches, mais son activité était d'autant plus marginale qu'eux-mêmes manquaient de chantiers. Le tableau s'assombrissait donc. Pénuries d'approvisionnement, ressources en baisse constante : en dépit de la discrétion coutumière de mes parents sur les questions d'argent, il n'était pas difficile de deviner les difficultés auxquelles ils étaient confrontés. Par la suite, la situation ne cessa d'empirer. Je me rappelle, un ou deux ans plus tard, ma sœur aînée, de retour de la banque, annonçant qu'il ne restait plus un sou sur le compte.

Décidément, c'étaient les vaches maigres. Certes mon père adorait ma mère, et eût aimé ne pas la partager avec ses enfants que, par ailleurs, il aimait tendrement. Cependant, l'homme à principes qu'il était avait toujours fait preuve d'une exigence de rigueur dans les dépenses du ménage. Dès avant guerre, les douceurs que ma mère aimait nous offrir, certes légères, s'agissant d'un pain au chocolat, n'étaient pas comptabilisées. L'austérité venue, tout devint plus difficile et les quatre adolescents que nous étions alors en furent marqués. Nous sentions Maman trop dépendante de Papa, et nous n'aimions pas cela. Elle qui n'avait jamais travaillé, et donc jamais connu la moindre autonomie financière, avait à rendre des comptes détaillés. Nous étions sensibles aux mises en garde qu'elle multipliait à notre intention. J'en ai conservé un souvenir ému, et une leçon inoubliable : « Il faut non seulement travailler, mais avoir un vrai métier. » Aussi, lorsque, beaucoup plus tard, mon mari s'est aventuré à me suggérer que l'éducation de nos enfants pourrait peut-être me dispenser de travailler, ai-je fermement écarté cette hypothèse.

Entre-temps, dès 1941, il avait été fait obligation aux Juifs de se déclarer[1] ; d'abord les étrangers, nombreux à Nice, puis les Français. Qu'est-ce que cela voulait dire ? N'étions-nous pas français au même titre que les autres ? Cependant, comme la presque totalité des familles juives, nous nous sommes pliés à cette formalité, habitués à respecter la loi, et sans trop vouloir nous interroger sur ses implications : le présent était suffisamment pénible pour qu'on ne se pose pas de questions sur l'avenir. D'ailleurs, nous n'avions pas à rougir de ce que nous étions. Ai-je besoin de dire que je m'étais montrée plus réticente que les autres ?

Au fil de cette période, Nice ne cessait d'accueillir des réfugiés juifs qui fuyaient le nord de la France pour gagner la zone libre, phénomène qui s'accentua encore avec l'occupation du Midi par les troupes italiennes, fin 1942[2]. Leur arrivée faisait suite à l'invasion

---

1. En zone occupée, dès septembre 1940, la population juive avait été obligée de se déclarer à la sous-préfecture dont relevait son lieu de résidence. Cette mesure fut étendue à la zone non occupée après la publication du second statut des Juifs, le 2 juin 1941. Cette déclaration écrite devait cette fois être assortie d'un « état des biens ». Ce recensement de la population juive allait servir à la préparation des rafles. Par ailleurs, dès le 4 octobre 1940, un décret du gouvernement de Vichy avait décidé que les Juifs étrangers pouvaient être internés.

2. Lorsque les Alliés débarquèrent en Afrique du Nord (cf. note suivante), les Italiens qui, après l'armistice du 24 juin 1940 entre la France et l'Italie, avaient dû se contenter d'une maigre

de la zone libre par l'armée allemande après le débarquement des Alliés en Afrique du Nord[1]. Il convient de souligner que les Italiens avaient une attitude de tolérance à l'égard des Juifs français. Paradoxalement, ils se montraient plus libéraux à notre égard que les autorités de notre propre pays ne l'avaient été. Les Allemands, qui, dans les territoires qu'ils occupaient, arrêtaient déjà les Juifs à tour de bras, ne tardèrent d'ailleurs pas à condamner la relative bienveillance des Italiens, mais en pure perte. De sorte que, jusqu'à l'été 1943[2], le sud-est de la France constitua un refuge pour les Juifs, au début parce qu'il se trouvait en zone libre, ensuite parce que les Italiens l'occupaient. Nice vit ainsi sa population s'accroître de près de trente mille habitants en quelques mois seulement.

Cinq nouveaux membres de la famille avaient rejoint Nice, à proximité de chez nous, alourdissant encore les difficultés matérielles dans lesquelles nous nous débattions. Le frère de Papa, ingénieur, avait été arrêté à Paris lors de la grande rafle de décembre

---

zone d'occupation, envahirent en représailles une grande partie du sud-est de la France, dont Nice.

1. Le 8 novembre 1942, des troupes anglo-américaines et de la France libre débarquèrent au Maroc et en Algérie. Ce qui, en représailles, entraîna immédiatement l'occupation par les Allemands de la zone libre.

2. En juillet 1943, les Alliés débarquèrent en Sicile et la conquirent assez vite. Le 3 septembre 1943, alors que les troupes alliées commençaient leur progression en Italie, le gouvernement italien signa un armistice avec les Alliés. Les troupes allemandes prirent alors le contrôle des territoires français jusque-là occupés par les Italiens.

1941[1], celle qu'on a appelée la rafle des médecins et des ingénieurs. Détenu au camp de Compiègne, il était tombé si gravement malade que les autorités avaient décidé de l'hospitaliser. Une fois guéri, il avait été libéré et sa femme et lui vinrent donc, deux ans plus tard, s'installer à Nice avec leurs trois enfants. Les récits qu'il nous fit ne manquaient pas de nous alarmer. Nous étions de plus en plus inquiets de l'avenir. Le cœur n'était plus vraiment aux études. Mon frère Jean décida brutalement d'arrêter les siennes et commença à travailler comme photographe dans les studios de cinéma de Nice[2]. Milou, qui venait d'obtenir son bac, prit un emploi de secrétaire afin de soulager des finances familiales exsangues. Denise décida de donner des leçons particulières de maths. Ainsi parvenions-nous à survivre, en veilleuse, dans un environnement où, au fil des mois, l'afflux des réfugiés ne diminuait pas. Nous rencontrions de plus en plus de familles juives en si grande détresse que nous les logions pour quelques jours. Pour tout dire, leur souci de pratique religieuse nous laissait pantois : pour la première fois, nous voyions des gens respecter le

---

1. Le 12 décembre 1941, 743 Juifs, de nationalité française et appartenant pour la plupart aux classes supérieures de la société, furent arrêtés. Regroupés à l'École militaire, ils furent ensuite transférés au camp de Compiègne. Leur convoi devait partir pour l'Allemagne, mais il fut retardé de plusieurs mois, ce qui permit à l'oncle de Simone Veil d'être libéré pour raison de santé.
2. Les studios de la Victorine, créés à Nice en 1921, furent particulièrement utilisés par les cinéastes français pendant l'Occupation. C'est là, par exemple, que fut tourné *Les Visiteurs du soir* de Marcel Carné en 1942.

shabbat, kippa sur la tête, en attendant sans rien faire que la journée s'écoule, tout cela dans le noir aussi longtemps que nous, qui ne subissions pas les mêmes interdits, tardions à leur allumer la lumière[1].

Après la chute de Mussolini[2], dans l'été 1943, les Italiens signèrent un armistice et quittèrent la région. On entra dans la tragédie. Le 9 septembre 1943, la Gestapo[3] débarquait en force à Nice, avant même les troupes allemandes. Ses services s'installaient à l'hôtel Excelsior, en plein centre-ville, et déclenchaient sans coup férir la chasse aux Juifs que les Italiens avaient refusé de mettre en œuvre. Les arrestations massives commencèrent aussitôt. Elles étaient conduites par Aloïs Brunner[4], déjà célèbre à Vienne, Berlin et

---

1. Le jour du shabbat (samedi, jour de repos dans le judaïsme), un grand nombre d'activités sont proscrites, dont l'usage de l'électricité, par analogie avec l'interdiction faite d'allumer un feu ce jour-là.

2. Après le débarquement allié en Sicile (cf. note 2, p. 47), Mussolini fut écarté du pouvoir par le roi Victor-Emmanuel III, avec l'approbation du Grand Conseil fasciste, et remplacé le 25 juillet par le maréchal Badoglio. Arrêté, Mussolini sera libéré par les Allemands le 12 septembre 1943 et tentera d'instaurer la république de Salo avant d'être exécuté par la résistance italienne le 28 avril 1945.

3. Abréviation de l'allemand *Geheime Staastspolizei* (police secrète d'État), police politique allemande. Elle fut notamment chargée de l'arrestation des Juifs dans les territoires occupés.

4. Criminel de guerre nazi, responsable de la déportation des Juifs de Vienne (Autriche) et de Salonique (Grèce), il fut nommé à la direction du camp de Drancy en 1943 et organisa la traque des Juifs à Nice et dans l'arrière-pays niçois, une fois les troupes italiennes parties. En 1944, il multiplia les rafles dans toute la France. Réfugié en Syrie, on ignore s'il est toujours vivant.

Salonique, avant de diriger le camp de Drancy. Ma meilleure amie, camarade de lycée et éclaireuse comme moi, fut ainsi arrêtée dès le 9 septembre, ainsi que ses parents. Je devais apprendre plus tard qu'ils avaient été gazés à leur arrivée à Auschwitz-Birkenau.

À compter de cette date, les choses ont radicalement changé pour les Juifs français, alors que peu d'arrestations avaient eu lieu précédemment. Nos papiers d'identité devaient désormais porter la lettre J[1]. J'ai senti le danger de cette mesure avant le reste de la famille, et voulu m'opposer à ce tampon. Mais, comme lorsqu'il s'était agi d'aller se déclarer aux autorités, nous avons subi la mesure avec un mélange de résignation, de légalisme et, je dois le dire, de fierté. Nous ignorions de quel prix il nous faudrait bientôt payer cette franchise. Dès les premières arrestations, nous avons compris. Le temps n'était plus à assumer ce que nous étions. Il fallait au contraire tenter de se noyer dans la masse anonyme, de devenir, autant que possible, invisibles.

En ce début de septembre 1943, mes deux sœurs participaient encore à un camp de cheftaines. Notre père, très inquiet, et à bon escient, les a prévenues de la situation en leur recommandant de ne pas regagner Nice. Denise a suivi son conseil, et rapidement rejoint le mouvement de résistance Franc-Tireur dans la région lyonnaise, mais Milou est rentrée. Elle ne voulait pas abandonner son travail, qui contribuait à faire vivre la famille. Convaincus des dangers, mes

---

1. L'Allemagne avait introduit la mention « J » (*Juden*) sur les passeports des Juifs allemands à partir d'octobre 1938.

parents ont alors décidé de faire front en se procurant de fausses cartes d'identité. Puis nous nous sommes éparpillés, mes parents chez un ancien dessinateur de mon père, des gens simples et généreux qui leur ont tout de suite offert l'hospitalité. Par la suite, pendant toute la durée de notre déportation, ils allaient héberger ma grand-mère, venue nous rejoindre. Milou et moi logions dans le même immeuble, chez d'anciens professeurs ; elle chez son professeur de chimie, moi chez un professeur de lettres. Mon frère Jean était hébergé ailleurs, par un troisième couple. Avec cette dispersion, munis de fausses cartes d'identité, nous nous imaginions à l'abri. Ma sœur continuait à travailler. Je poursuivais mes cours au lycée et n'hésitais pas à sortir en ville avec mes camarades. Disons-le sans détour : nous étions inconscients.

La famille chez qui je vivais était atypique et chaleureuse. Elle, excellent professeur, poursuivait son enseignement au lycée. Lui était l'héritier de la famille Villeroy[1], les célèbres porcelainiers, descendants du maréchal. Ils vivaient dans un bel immeuble, à Cimiez[2]. Ils avaient trois enfants, et n'hésitèrent pas à installer un lit supplémentaire pour moi dans la chambre de leur fille, qui avait quatre ou cinq ans. Leur vie était simple, sans protocole. Sur la porte extérieure, ils avaient affiché une carte de visite sur laquelle ils préci-

---

1. La manufacture de porcelaine de Villeroy fut fondée en 1735 sous le patronage de Louis de Neufville de Villeroy, duc de Retz, descendant de Nicolas de Neufville de Villeroy, maréchal de France (1598-1685).
2. Quartier résidentiel de Nice.

saient : « Les gens qui n'ont pas une bonne raison pour venir chez nous peuvent s'abstenir. » Entre autres passions, M. de Villeroy s'intéressait à l'astronomie et passait des heures à observer les étoiles, sans jamais ou presque mettre le nez dehors. Sa femme s'activait à ses cours, allait au lycée, corrigeait ses copies. Tous deux m'avaient pleinement intégrée à leur vie de famille.

Leur sympathie et leur soutien me furent d'autant plus précieux que, deux mois à peine après le début de l'année scolaire, je dus cesser d'aller au lycée. Dès novembre, la directrice m'avait convoquée à son bureau et fait comprendre qu'elle ne pouvait plus m'accueillir dans l'établissement. Une ou deux lycéennes juives ayant été arrêtées, elle refusait d'endosser une aussi lourde responsabilité. Désormais, je devrais rester chez moi et préparer mon bac par mes propres moyens. Son attitude me surprit, mais je n'avais rien à dire. Par chance, grâce aux cours que me passaient mes camarades de classe et aux corrections que les professeurs voulaient bien me transmettre, j'ai bénéficié d'une aide scolaire efficace. En dépit des événements et de la décision de la directrice, ce lycée, que j'avais toujours considéré comme ma seconde famille, ne manquait donc pas à sa tâche. J'ai ainsi pu préparer mon bachot en travaillant chez les Villeroy et à la bibliothèque municipale, qui se trouvait à proximité.

À chaque sortie, je me rassurais en me persuadant que ma fausse carte suffirait à me protéger. Pourtant, à Nice, plus encore qu'ailleurs, le danger courait les rues. C'est là que la plupart des gens se faisaient arrêter lors de contrôles inopinés. En dépit de tous les efforts qu'elle déployait, secondée par ses indicateurs et ses physionomistes, la Gestapo ne parvenait pas à effectuer des rafles aussi efficaces que dans d'autres villes, d'une part du fait de la réelle solidarité des Niçois entre eux, d'autre part parce que la police française était de moins en moins portée à collaborer. Il est vrai qu'en ce début de l'année 1944, la population était de plus en plus convaincue que les rapports de force commençaient à s'inverser et qu'un jour ou l'autre, le débarquement des Alliés sonnerait le glas de la domination allemande, comme celui de Sicile avait déclenché l'effondrement du pouvoir en Italie. En même temps que croissait cette dernière espérance, nourrie par l'évolution de la situation militaire à l'est comme en Italie, la Gestapo redoublait les contrôles et la traque. Nombre d'entre nous en firent les frais.

Nous avions été prévenus, dès les premières semaines de l'année scolaire, que les épreuves du bac se dérouleraient non pas en juin, selon le calendrier habituel, mais dès fin mars, et ne comporteraient que des épreuves écrites. Les autorités niçoises voulaient en effet clore l'année scolaire le plus tôt possible, par crainte d'un débarquement allié et des troubles qui en découleraient. Elles envisageaient même l'évacuation de la ville en cas de nécessité. Des *blockhaus* avaient été érigés le long de la mer, et d'autres mesures de protection prévues. J'ai donc passé mes épreuves le 29 mars, sans rencontrer le moindre problème et sous mon vrai nom.

Le lendemain, j'avais rendez-vous avec des amies pour fêter la fin des examens. Je m'y rendais avec un camarade lorsque soudain, deux Allemands en civil nous arrêtèrent pour contrôle d'identité. Ils étaient escortés d'une de ces Russes dont Nice regorgeait alors et dont certains n'avaient eu aucun scrupule à se mettre au service des Allemands. Un rapide regard sur ma carte d'identité leur suffit : « Elle est fausse. » Je me défendis avec un parfait aplomb : « Mais pas du tout ! » Ils refusèrent de discuter et nous conduisirent aussitôt à l'hôtel Excelsior[1], où la Gestapo menait les interrogatoires des personnes interpellées. Le mien n'a pas duré longtemps. Tandis que je m'acharnais à répéter que mon nom était bien celui qui figurait sur mes papiers, l'un des Allemands m'a désigné d'un geste une table sur laquelle se trouvait une pile de cartes d'identité vierges, mais dont la signature, facilement reconnaissable à son encre verte, était identique à la mienne. Le ton était aimable mais ironique. « Votre carte d'identité, on en a autant que vous voulez. » Je suis restée sans voix. Avaient-ils raflé tout un stock, ou avaient-ils réussi à mettre en circulation des fausses cartes ? Rien n'était impossible. Je me suis alors dit : « Toute la famille a les mêmes cartes que moi. Il faut les prévenir. » J'ai donc fourni une fausse adresse aux Allemands avant de supplier le camarade non juif avec lequel j'avais été arrêtée, et qui s'apprêtait à ressortir libre de l'hôtel Excelsior, de prévenir ma famille.

---

1. Aloïs Brunner avait établi le QG de la Gestapo à l'hôtel Excelsior, situé rue Durante, qui avait l'avantage d'être tout proche de la gare d'où partaient les convois de déportés. Brunner considérait cet hôtel comme « un camp de recensement des Juifs arrêtés, dépendant de Drancy ».

S'est alors produit un tragique concours de circonstances. Ce jour-là, mon frère Jean avait rendez-vous avec Maman. S'étant manqués, chacun de son côté se rendit à l'endroit où j'habitais et où, à un autre étage, vivait aussi ma sœur Milou. Tous les trois, au même moment, se retrouvèrent ainsi pour la première fois dans l'escalier de l'immeuble. Et comme le garçon qui devait les prévenir avait été suivi par la Gestapo, le coup de filet fut rapide. L'arrestation s'est ainsi effectuée de la façon la plus absurde qui soit. Maman, Milou et Jean étaient sortis de chez eux, comme moi-même deux ou trois heures plus tôt, convaincus que leurs cartes d'identité les protégeaient. En les voyant arriver à l'hôtel Excelsior, j'ai tout de suite eu le sentiment qu'une nasse se refermait sur nous, et que nos existences prenaient dès lors un tour dramatique. Désormais, il était inutile de lutter. Même si mon frère n'était pas circoncis, nos fausses cartes suffisaient à nous dénoncer comme Juifs. Nous tentions pourtant de nous rassurer en nous répétant que le pire n'est jamais certain. Maman, elle, conservait l'espoir et, dans notre malheur, se réjouissait que nous soyons ensemble.

Pendant la semaine que nous avons passée à l'hôtel Excelsior, nous n'avons pas eu à subir de sévices. Nous mangions même de façon plus convenable qu'à l'extérieur. Je me rappelle que, parmi les SS[1]

---

1. Abréviation de *Schutzstaffel* (escadron de protection). Fondée en 1925 pour servir de garde personnelle à Hitler, cette organisation prit de plus en plus d'importance dans l'État national-socialiste. Elle fut notamment chargée de l'extermination des Juifs.

qui nous gardaient, un Alsacien[1] se montrait compatissant avec les détenus. Savait-il ce qui nous attendait ? J'en doute. Nous pouvions écrire à des amis si nous le désirions, nous faire apporter des affaires personnelles, des livres, des vêtements chauds. De sorte qu'aussi extraordinaire que cela paraisse, ces six journées se sont écoulées dans l'incertitude et l'appréhension, mais pas dans l'angoisse que l'on aurait pu imaginer.

Le lot des personnes arrêtées quittait Nice à la fin de chaque semaine, sans doute en fonction du nombre de places dans les wagons, des voitures de voyageurs ordinaires. Nous sommes montés dans le train avec un pincement au cœur, mais sans imaginer un seul instant ce qui nous attendait. Autour de nous, tout semblait encore à peu près civilisé. Les SS ne nous traitaient pas avec mépris ou violence, et seuls deux d'entre eux, chacun à un bout du wagon, assuraient la surveillance. Le 7 avril, nous avons donc voyagé pour atteindre Drancy[2], où convergeaient, nous l'avons appris par la suite, les convois de toute la France. À

---

1. Après l'armistice, l'Alsace et une partie de la Lorraine furent annexées de fait par l'Allemagne. Nombre de jeunes hommes furent enrôlés de force dans la Wehrmacht (armée allemande) ou les SS. On les appelle les « malgré-nous ». Le SS alsacien, préposé à la garde de la famille Jacob, était peut-être l'un d'entre eux.

2. Camp d'internement installé au nord de Paris, à l'emplacement de l'une des premières cités de la région parisienne. Il devint à partir de 1942 le point de départ des convois de Juifs déportés vers les camps d'extermination, Auschwitz notamment. Son administration était assurée par les SS, dont Aloïs Brunner à partir de juillet 1943. 67 000 personnes passèrent par le camp de Drancy.

notre arrivée, nous avons tout de suite compris que nous descendions une nouvelle marche dans la misère et l'inhumanité.

Les conditions de vie dans le camp étaient moralement éprouvantes. Matériellement, elles étaient aussi très dures. Nous étions mal couchés, nous mangions mal, même s'il faut relativiser, car à moins d'être millionnaire, on mangeait à l'époque très mal partout en France. C'était surtout l'angoisse qui régnait à Drancy, même si certains se raccrochaient à l'idée d'un débarquement prochain[1]. Ils espéraient tellement une rapide libération qu'ils faisaient tout leur possible pour gagner du temps et reculer leur départ. Pour la plupart, cette espérance s'avéra illusoire. Seules quelques personnes, très peu nombreuses, souvent arrêtées dans les premiers temps, avaient su se rendre indispensables. Il s'agissait de médecins, d'employés aux écritures, de membres de ce que l'on pourrait appeler la structure administrative, même si ce sont de bien grands mots pour une aussi pauvre réalité. Les responsables du camp restaient de marbre. Il suffisait d'un incident pour que celui qui était parvenu à rester un an ou plus déplaise tout à coup à la Gestapo ou aux SS, et parte à son tour. Par ailleurs, quelques individus isolés, dont le conjoint n'était pas juif, réussissaient à rester sur place, ce qui

---

1. Simone Veil indique être partie pour Drancy le 7 avril; le débarquement eut lieu deux mois plus tard, le 6 juin 1944, sur les plages de Normandie. Le camp de Drancy fut libéré le 18 août suivant.

leur sauvait la vie car, à Drancy, on ne mourait plus à cette époque[1].

Les internés pouvaient rester prostrés et muets pendant des journées entières. Quant aux responsables juifs[2], j'ignore ce qu'ils savaient de ce qui nous attendait. À mon avis, ils en avaient plus d'intuition que de connaissance. Mais s'ils savaient quelque chose, rien n'en transpirait, ce qui se comprend. Je me dis que même s'ils avaient eu des doutes sur notre sort futur ou des bribes d'information, ils n'auraient rien dit, parce que le camp serait devenu intenable, et les représailles atroces. Je n'ai donc jamais entendu parler à Drancy de chambres à gaz, de fours crématoires ou de mesures d'extermination. Tout le monde répétait que nous devions être acheminés en Allemagne pour y travailler « très dur ». Mais vers quelles destinations ? Faute de le savoir, on parlait de « Pitchipoï », terme inconnu désignant une destination imaginaire. Les familles espéraient ne pas être séparées, et c'était tout.

Après guerre, on a souvent épilogué sur la connaissance que les Juifs pouvaient avoir de la situation. En fait, leurs informations étaient très en deçà de ce

---

1. Dans les premiers mois de son fonctionnement, pendant l'été 1941, les conditions d'internement étaient tellement dures que des internés moururent de faim. On continuait cependant à y mourir puisque le poète et peintre français, Max Jacob, s'est éteint à Drancy un mois avant l'arrivée de Simone Veil.
2. Le régime national-socialiste pratiqua systématiquement le recours à des responsables juifs (le *Judenrat* ou conseil juif) pour administrer les ghettos et autres camps. Ils étaient notamment chargés d'établir la liste de leurs coreligionnaires à déporter, ce qui les obligea souvent à des choix déchirants.

que l'on a pu penser. Les Juifs étrangers, traqués les premiers, ont su plus rapidement que les Français de quoi il retournait. On en savait plus en zone occupée qu'en zone libre. Il est cependant difficile de croire que François Mitterrand, se refaisant une santé après son évasion, sur la Côte d'Azur, chez des Juifs d'origine tunisienne, ait pu ignorer les mesures prises à l'encontre des Juifs. Dans la communauté, toutes les familles étaient persécutées. Le nombre de celles qui atteignirent sans encombre les rivages de la Libération ne doit pas être très élevé.

Pour en revenir à la lourde grisaille de Drancy, elle était parfois traversée d'un rayon de soleil. J'ai ainsi le souvenir d'avoir retrouvé les parents Reinach, nos amis de la villa Kerylos. Mme Reinach, toujours dynamique, supervisait un des services de cuisine du camp. Je suis allée vers elle et j'ai eu la joie de pouvoir lui dire : « J'ai reçu la semaine dernière une lettre de votre fille Violaine. Toute votre famille va bien et ne risque rien. » Évidemment, pour M. et Mme Reinach, une telle nouvelle était un cadeau ; ils avaient été arrêtés quelque temps auparavant et se trouvaient donc dans l'ignorance de ce qu'il advenait de leurs cinq enfants. Les parents, eux, furent déportés très tard et directement à Bergen-Belsen[1], comme d'autres personnalités

---

1. Bergen-Belsen n'était pas un camp d'extermination. D'abord camp de prisonniers, il fut utilisé à partir de 1943 pour y déporter des Juifs influents ou pouvant être échangés contre des prisonniers allemands. Fin 1944, c'est notamment là que furent « évacués » les Juifs qui se trouvaient dans des camps trop près du front (cf. *infra*). Il ne faut pas pour autant penser que les conditions de vie à Bergen-

et peut-être parce que Mme Reinach était d'origine italienne.

Jour après jour, nous attendions donc tous les quatre, Maman, ma sœur Milou, mon frère et moi, un départ pour l'Allemagne dont nous ignorions aussi bien la date que la destination, avec le seul espoir de ne pas être séparés. Personne n'avait entendu parler d'Auschwitz[1], dont le nom n'était jamais prononcé. Comment aurions-nous pu avoir une idée quelconque de l'avenir que les nazis nous réservaient? Aujourd'hui, il est devenu difficile de réaliser à quel point l'information, sous l'Occupation, était rationnée et cloisonnée. Elle l'était du fait de la police et de la censure. On a peine à croire, à présent, que personne, hors les quartiers concernés, n'ait entendu parler de la grande rafle du Vél d'Hiv de juillet 1942[2], laquelle,

---

Belsen, que les Allemands avaient appelé « camp de séjour », étaient convenables. On y mourait beaucoup, notamment du typhus, comme ce fut le cas d'Anne Frank et de la mère de Simone Veil.

1. Auschwitz-Birkenau, situé en Pologne, était un immense camp de concentration et d'extermination. Entre mai 1940, date de sa création, et le 27 janvier 1945, jour de sa libération par l'armée soviétique, plus d'1,1 million de personnes, majoritairement juives, y moururent, soit, pour 900 000 d'entre elles, dès leur arrivée (chambres à gaz), soit en raison des conditions de vie atroces qui régnaient dans le camp (cf. chapitre suivant).

2. La grande rafle du Vélodrome d'Hiver eut lieu les 16-17 juillet 1942 à Paris. Policiers et gendarmes furent chargés par les autorités françaises d'arrêter les Juifs étrangers vivant à Paris, à partir des fichiers établis grâce au recensement des Juifs ordonné dès 1940 par les autorités (cf. note 1, p. 46). 13 152 personnes furent arrêtées et conduites soit directement à Drancy, soit au Vélo-

depuis lors, a fait couler tant d'encre et nourri tant de polémiques. Lorsque, bien plus tard, j'en ai eu moi-même connaissance, j'ai partagé la stupeur collective face à la révélation du comportement de la police parisienne. Sa complicité dans l'opération me semblait une tache indélébile sur l'honneur des fonctionnaires français. Aujourd'hui, même si nos concitoyens, dans leur immense majorité, partagent ce point de vue, mon jugement s'est précisé, et je pense qu'il convient de moduler l'opprobre. Jamais, jamais on ne pourra passer l'éponge sur la responsabilité des dirigeants de Vichy qui ont prêté main-forte à la « solution finale[1] » en apportant aux Allemands la collaboration de la police française et de la milice, notamment à Paris. Cela n'atténue en rien le mérite de ceux de ces policiers qui, par exemple, ont prévenu et ainsi sauvé la moitié des vingt-cinq mille Juifs répertoriés à Paris avant la rafle du Vél d'Hiv en juillet 1942.

Plus généralement, si les trois quarts de la population juive vivant en France ont échappé à la déportation[2], c'est d'abord du fait de l'existence, jusqu'en

---

drome d'Hiver où elles passèrent plusieurs jours dans des conditions inhumaines. Il fallut attendre le 16 juillet 1995 pour que le président Jacques Chirac reconnaisse la responsabilité de l'État français dans cette rafle.

1. Traduction de l'expression allemande *Endlösung der Judenfrage* (solution finale de la question juive). Elle fut utilisée pour désigner l'extermination des Juifs d'Europe lors de la Conférence de Wannsee qui, le 20 janvier 1942, « institutionnalisa » les meurtres de masse déjà entrepris en Europe par le régime national-socialiste.

2. On considère généralement qu'au début de la Seconde Guerre mondiale, 330 000 Juifs environ vivaient en France (la moi-

novembre 1942, de la zone libre et, jusqu'en septembre 1943, de l'occupation italienne.

Et puis, nombre de Français, n'en déplaise aux auteurs du *Chagrin et la Pitié*[1], ont eu un comportement exemplaire. Les enfants ont été, pour le plus grand nombre d'entre eux, sauvés grâce à toutes sortes de réseaux, comme la Cimade[2] ; je pense en particulier aux protestants du Chambon-sur-Lignon[3] et d'ailleurs, ou encore aux nombreux couvents qui ont recueilli des familles entières. En fin de compte, de tous les pays occupés par les nazis, la France est, et de loin, celui où les arrestations furent, en pourcentage, les moins nom-

---

tié n'étant pas de nationalité française). 76 000 d'entre eux ont été déportés.

1. Film documentaire (1969) de Max Ophüls, mettant à mal l'image d'une France résistant contre l'occupant allemand pour lui substituer une vision faisant des Français des collaborateurs. Ce film souleva une immense polémique au moment de sa sortie. Dans le dernier chapitre de son autobiographie, intitulé « La Lumière des Justes », Simone Veil raconte que, membre du conseil d'administration de l'ORTF (organisme public qui à l'époque gérait la télévision française), elle s'opposa à la diffusion à la télévision de ce film qu'elle trouvait « injuste et partisan ».

2. Comité inter-mouvements auprès des évacués, association œcuménique, fondée en septembre 1939 pour venir en aide aux Alsaciens et aux Lorrains évacués à la suite de l'entrée en guerre. Elle aida également les Juifs à se cacher. Elle est aujourd'hui à la pointe du combat en faveur des sans-papiers.

3. Commune française de Haute-Loire, majoritairement protestante. Ses habitants aidèrent, parfois au péril de leur vie, des milliers de Juifs à échapper aux persécutions. En 1990, Israël a inscrit la commune et ses habitants au nombre des « Justes parmi les nations » (titre donné à ceux qui mirent leur vie en danger pour sauver des Juifs pendant la guerre).

breuses. Les Juifs néerlandais ont été éliminés à plus de quatre-vingts pour cent. En Grèce, ce fut la même chose. L'an passé, en voyage à Athènes, j'ai pu constater qu'il ne reste rien de la communauté juive de Salonique. On m'a raconté que la fureur des nazis était telle que l'arrestation de deux personnes réfugiées sur une petite île grecque avait mobilisé toute une unité SS.

Aucun événement historique, aucun choix politique des gouvernants, surtout dans des périodes aussi troubles, n'entraîne des conséquences uniformément blanches ou noires. Nul ne peut nier que la collaboration, consacrée par les sept étoiles de Pétain[1], ait induit en erreur nombre de nos concitoyens. J'ai cependant été frappée de la réponse que m'a faite, bien des années plus tard, la reine Béatrix des Pays-Bas, un jour où j'évoquais avec admiration le départ de la reine Wilhelmine et de son gouvernement pour Londres dès l'invasion de son pays, en 1940. « Ne croyez pas que ce soit aussi simple, m'a confié la reine. On a beaucoup critiqué l'attitude de Wilhelmine[2], regrettant qu'elle ait "abandonné son peuple". Et c'est ce qui se dit encore aujourd'hui dans notre pays. » On ignore

---

1. Le titre de maréchal de France est la plus haute distinction militaire française. Son insigne comporte sept étoiles. Pétain était devenu maréchal en novembre 1918. Ses faits d'armes pendant la Première Guerre mondiale lui avaient valu une telle popularité que beaucoup de Français furent prêts à le suivre dans sa politique de collaboration.

2. Wilhelmine, reine des Pays-Bas (1890-1948), grand-mère de l'actuelle reine Béatrix. Elle partit pour Londres et incarna la résistance néerlandaise, à travers notamment ses discours radiophoniques diffusés par la BBC.

souvent en France que, compte tenu du vide politique qui régnait aux Pays-Bas, les Juifs y ont été très souvent dénoncés[1]. Ce fut le cas d'Anne Frank[2].

Revenons à Drancy. Au bout de quelques jours, le responsable du camp – j'ignore si c'était un membre de la Gestapo ou un Français – a informé les jeunes gens de seize ans et plus que, s'ils acceptaient de rester à Drancy, ils travailleraient en France pour l'organisation Todt[3]. Ma mère, ma sœur et moi avons alors dit à Jean : « Si tu as une chance de rester en France, saisis-la. Nous ne savons pas ce qui nous attend en Allemagne, peut-être serons-nous séparés. Mais toi, reste en France. » Après hésitation, Jean a donc décidé de se porter volontaire et de ne pas partir avec nous.

---

1. Le gouvernement légal néerlandais se trouvant en exil, les Pays-Bas furent placés par les Allemands sous l'autorité d'un commissaire du Reich, l'Autrichien Seyss-Inquart. Il mena une politique très dure, notamment à l'égard de la population juive : il n'y eut que 30 000 survivants sur les 140 000 Juifs vivant aux Pays-Bas au début de la guerre.
2. Anne Frank (1929-1945). D'origine allemande, elle avait trouvé refuge aux Pays-Bas avec ses parents et sa sœur. Ils passèrent deux ans enfermés dans un appartement camouflé avant d'être dénoncés et déportés. Anne mourut du typhus à Bergen-Belsen. À son retour de déportation, seul survivant, son père publia le journal intime qu'avait tenu la jeune fille dans leur cachette.
3. Organisation d'ingénierie civile et militaire, créée par l'ingénieur allemand Fritz Todt en 1938 en vue de la réalisation de grands projets (autoroutes, mur de l'Atlantique, etc.). Pendant la guerre, faute de main-d'œuvre masculine, beaucoup de prisonniers de guerre ou de camps de concentration y furent employés.

Au long de cette semaine passée à Drancy, nous étions dans l'ignorance complète du sort de notre père. En fait, il avait été arrêté quelques jours après nous et devait rejoindre le camp peu de temps après que nous l'avons quitté. À notre retour, nous sommes parvenues à reconstituer les événements. Lorsqu'il est arrivé à Drancy, Papa a retrouvé Jean, qui attendait toujours le travail qu'on lui avait promis. Bien sûr, tout cela n'était qu'un roman ; jamais les responsables n'avaient songé à employer des Juifs dans l'organisation Todt. Le train dans lequel on les a embarqués, quelques jours plus tard, avec plusieurs centaines d'autres, est en fait parti pour Kaunas[1], l'un des ports les plus importants de la Lituanie, alors occupée par les Allemands. Pourquoi cette destination ? Personne n'a jamais pu vraiment l'expliquer. Peut-être les nazis redoutaient-ils des émeutes fomentées par les hommes valides dans les trains de déportés, voire des évasions. En éliminant les individus dans la force de l'âge, ils minimisaient donc les risques. Ou bien, et c'est la thèse du père Desbois, qui mène actuellement des recherches en Biélorussie et en Ukraine sur les fosses communes, ces hommes furent envoyés dans les pays baltes pour déterrer les cadavres afin qu'on ne puisse jamais les retrouver ni reconstituer les événements. Il est en effet aujourd'hui avéré que les rares survivants de ce convoi furent assignés à cette sinistre besogne. Plutôt que d'utiliser

---

1. Le père et le frère de Simone Veil partirent pour Kaunas le 15 mai 1944 par le 73ᵉ convoi. Il comptait 878 hommes dont 13 seulement survécurent.

des Baltes, qui auraient pu ébruiter les massacres de masse, les autorités nazies avaient choisi de faire venir des Français qu'ils élimineraient ensuite à leur tour.

Ce qui est certain, c'est que mon père et mon frère sont partis ensemble pour Kaunas, car leurs noms figurent sur les listes. On sait aussi que certains de ces hommes ont été envoyés à Tallinn, la capitale de l'Estonie, pour des travaux de réfection de l'aéroport qui avait été bombardé. Il semble que tout le monde ait été rapidement assassiné à l'arrivée, du moins si l'on en croit les témoignages de la quinzaine de survivants revenus de cet enfer. Quel fut le sort de mon père et de mon frère ? Nous ne l'avons jamais su. Aucun des survivants ne connaissait Papa et Jean. Par la suite, les recherches menées par une association d'anciens déportés n'ont rien donné. De sorte que nous n'avons jamais su ce qu'étaient devenus notre père et notre frère. Aujourd'hui, je garde intact le souvenir des derniers regards et des ultimes mots échangés avec Jean. Je repense à nos efforts, à toutes les trois, pour le convaincre de ne pas nous suivre, et une épouvantable tristesse m'étreint de savoir que nos arguments, loin de le sauver, l'ont peut-être envoyé à la mort. Jean avait alors dix-huit ans.

Quant à ma seconde sœur, Denise, alors que nous nous trouvions à Drancy, elle avait déjà rejoint la Résistance depuis plusieurs mois. Elle fut arrêtée à son tour en juin 1944, puis déportée à Ravensbrück, tout en réussissant à dissimuler qu'elle était juive, ce qui a dû lui valoir la vie sauve. De tout cela, nous n'avons rien su avant notre retour à Paris, Milou et moi. Tout au long de notre déportation, nous avions vécu dans l'idée qu'elle, au moins, avait échappé à la traque. Nous avons appris ce qui lui était arrivé dans un centre de rapatriement, à la frontière entre l'Allemagne et les Pays-Bas, où quelqu'un nous a bouleversées en nous disant l'avoir croisée à Ravensbrück. Voilà donc quelles furent les destinées de mon père, de Jean et de Denise, dont j'ai tout ignoré entre mon départ de Nice, le 7 avril 1944, et mon retour en France en mai 1945.

Le 13 avril, nous avons été embarquées à cinq heures du matin, pour une nouvelle étape dans cette descente aux enfers qui semblait sans fin. Des autobus nous ont conduits à la gare de Bobigny, où l'on nous a fait monter dans des wagons à bestiaux[1] formant un convoi aussitôt parti vers l'Est. Comme il ne faisait ni trop froid ni trop chaud, le cauchemar n'a pas tourné au drame, et dans le wagon où nous nous trouvions toutes les trois personne n'est mort au cours du voyage. Nous étions cependant effroyablement serrés, une soixantaine d'hommes, de femmes, d'enfants, de personnes âgées, mais pas de malades. Tout le monde se poussait pour gagner un peu de place. Il fallait se relayer pour s'asseoir ou s'allonger un peu.

---

1. Des recours ont été engagés ces dernières années contre la SNCF, l'accusant d'avoir mis à la disposition des Allemands des wagons de marchandises ou « à bestiaux », dépourvus du moindre confort et obligeant les déportés à voyager dans des conditions dégradantes. Les autorités allemandes dédommageaient la SNCF pour chaque Juif transporté sur la base d'un voyage en 3ᵉ classe (les trains comportaient une classe de plus).

Il n'y avait pas de soldats au-dessus des wagons. La surveillance du convoi était seulement assurée par des SS dans chaque gare où il s'arrêtait. Ils longeaient alors les wagons pour prévenir que, si quelqu'un tentait de s'évader, tous les occupants du wagon seraient fusillés. Notre soumission donne la mesure de notre ignorance. Si nous avions pu imaginer ce qui nous attendait, nous aurions supplié les jeunes de prendre tous les risques pour sauter du train. Tout était préférable à ce que nous allions subir.

Le voyage a duré deux jours et demi[1] ; du 13 avril à l'aube au 15 au soir à Auschwitz-Birkenau. C'est une des dates que je n'oublierai jamais, avec celle du 18 janvier 1945, jour où nous avons quitté Auschwitz, et celle du retour en France, le 23 mai 1945. Elles constituent les points de repère de ma vie. Je peux oublier beaucoup de choses, mais pas ces dates. Elles demeurent attachées à mon être le plus profond, comme le tatouage du numéro 78651 sur la peau de mon bras gauche[2]. À tout jamais, elles sont les traces indélébiles de ce que j'ai vécu.

---

1. Simone Veil, sa mère et sa sœur se trouvaient dans le 71ᵉ convoi parti de Drancy pour Auschwitz. Il comptait 1 500 personnes, dont moins de 10 % survécurent. La durée du voyage de Drancy à Auschwitz était de l'ordre de deux à trois jours pour couvrir une distance de plus de 1 500 km.

2. À Auschwitz, les déportés qui n'étaient pas immédiatement exterminés étaient tatoués d'un numéro matricule sur l'avant-bras gauche. La justification était d'ordre administratif ; il s'agissait d'identifier les détenus dans un camp aussi vaste ; elle était aussi destinée à humilier des êtres humains en les marquant comme du bétail (cf. *infra* chapitre suivant).

III

L'enfer

Le convoi s'est immobilisé en pleine nuit. Avant même l'ouverture des portes, nous avons été assaillis par les cris des SS et les aboiements des chiens. Puis les projecteurs aveuglants, la rampe de débarquement, la scène avait un caractère irréel. On nous arrachait à l'horreur du voyage pour nous précipiter en plein cauchemar. Nous étions au terme du périple, le camp d'Auschwitz-Birkenau.

Les nazis ne laissaient rien au hasard. Nous étions accueillis par des bagnards que nous avons aussitôt identifiés comme des déportés français. Ils se tenaient sur le quai en répétant : « Laissez vos bagages dans les wagons, mettez-vous en file, avancez. » Après quelques secondes d'hésitation, tout le monde s'exécutait. Quelques femmes gardèrent leur sac à main sans que personne s'y oppose. Vite, vite, il fallait faire vite. Soudain, j'ai entendu à mon oreille une voix inconnue me demander : « Quel âge as-tu ? » À ma réponse, seize ans et demi, a succédé une consigne : « Surtout dis bien que tu en as dix-huit. » Par la suite, en interrogeant des camarades aussi jeunes que moi, j'ai appris qu'elles aussi avaient sauvé leur peau parce qu'elles avaient suivi le même conseil murmuré à l'oreille : « Dis que tu as dix-huit ans. »

La file est arrivée devant les SS qui opéraient la sélection[1] avec la même rapidité. Certains disaient : « Si vous êtes fatigués, si vous n'avez pas envie de marcher, montez dans les camions. » Nous avons répondu : « Non, on préfère se dégourdir les jambes. » Beaucoup de personnes acceptaient ce qu'elles croyaient être une marque de sollicitude, surtout les femmes avec des enfants en bas âge. Dès qu'un camion était plein, il démarrait. Quand un SS m'a demandé mon âge, j'ai spontanément répondu : « Dix-huit ans. » C'est ainsi que, toutes les trois, nous avons échappé à la séparation et sommes demeurées ensemble dans la file des femmes. Bien qu'elle ait été opérée peu de temps auparavant de la vésicule biliaire et ait conservé des séquelles de cette intervention, Maman, qui avait alors quarante-quatre ans, conservait une allure jeune. Elle était belle et d'une grande dignité. Milou avait alors vingt et un ans.

---

1. Dès l'arrivée, les déportés étaient sélectionnés par des SS, souvent accompagnés d'un médecin. Ceux qui étaient jugés capables de travailler, donc ni trop âgés ni trop jeunes, voyaient leur mort différée. Tous les autres, soit la grande majorité, étaient immédiatement envoyés en chambre à gaz. La « bonne file », dont parle ensuite Simone Veil, était composée de ceux qui venaient d'échapper, provisoirement pour beaucoup, à la mort.

Nous avons marché avec les autres femmes, celles de la « bonne file », jusqu'à un bâtiment éloigné, en béton, muni d'une seule fenêtre, où nous attendaient les « kapos[1] » ; des brutes, même si c'était des déportées comme nous, et pas des SS. Elles hurlaient leurs ordres avec une telle agressivité que tout de suite, nous nous sommes demandé : « Qu'est-ce qui se passe ici ? » Elles nous pressaient sans ménagement : « Donnez-nous tout ce que vous avez, parce que de toute façon, vous ne garderez rien. » Nous avons tout donné, bijoux, montres, alliances. Avec nous se trouvait une amie de Nice arrêtée le même jour que moi. Elle conservait sur elle un petit flacon de parfum de Lanvin. Elle m'a dit : « On va nous le prendre. Mais moi je ne veux pas le donner, mon parfum. » Alors, à trois ou quatre filles, nous nous sommes aspergées de parfum ; notre dernier geste d'adolescentes coquettes.

Après cela, plus rien, pendant des heures, pas un mot, pas un mouvement jusqu'à la fin de la nuit, entassées dans le bâtiment. Celles qui avaient été séparées des leurs commençaient à s'inquiéter, se demandant où étaient passés leurs parents ou leurs enfants. Je me souviens qu'aux questions que certaines posaient les kapos montraient par la fenêtre la cheminée des créma-

---

1. Les kapos étaient choisis parmi les déportés pour faire régner l'ordre dans le camp. Ils étaient souvent sélectionnés parmi les droits communs présents dans les camps et pouvaient se montrer d'une très grande brutalité à l'égard des déportés placés sous leur autorité.

toires[1] et la fumée qui s'en échappait. Nous ne compre-
nions pas ; nous ne pouvions pas comprendre. Ce qui
était en train de se produire à quelques dizaines de
mètres de nous était si inimaginable que notre esprit
était incapable de l'admettre. Dehors, la cheminée des
crématoires fumait sans cesse. Une odeur épouvantable se répandait partout.

Nous n'avons pas dormi cette nuit-là. Nous sommes
restées assises à même le sol, dans l'attente de plus en
plus anxieuse de ce qui allait nous arriver. Certaines
essayaient de s'allonger par terre, n'importe comment.
Pour autant, elles ne parvenaient pas à dormir. Trois
ou quatre heures se sont ainsi écoulées. De temps en
temps, une kapo qui se tenait dans un coin de la pièce
se mettait à crier ou menaçait certaines d'entre nous
de son fouet : on parlait trop fort, on bougeait trop,
que sais-je encore. De petits groupes s'étaient spontanément formés, les filles plus jeunes de leur côté, les
plus âgées entre elles, et tout le monde discutait à voix
basse en échafaudant des hypothèses sur un sort dont
nous ignorions tout. Puis les kapos nous ont fait lever
et mettre en rang, par ordre alphabétique, et nous
sommes passées l'une après l'autre devant des déportés qui nous ont tatouées. Aussitôt m'est venue la pensée que ce qui nous arrivait était irréversible : « On est
là pour ne plus sortir. Il n'y a aucun espoir. Nous ne

---

1. À Auschwitz, l'extermination des Juifs fut organisée de
manière « industrielle », avec quatre ensembles de chambres à
gaz et fours crématoires. Il paraît effectivement « inimaginable »
qu'on ait pu, de cette manière, faire disparaître chaque jour des
milliers de personnes.

sommes plus des personnes humaines, seulement du bétail. Un tatouage, c'est indélébile. » C'était sinistrement vrai. À compter de cet instant, chacune d'entre nous est devenue un simple numéro, inscrit dans sa chair ; un numéro qu'il fallait savoir par cœur, puisque nous avions perdu toute identité. Dans les registres du camp, chaque femme était enregistrée à son numéro avec le prénom de Sarah[1] !

Ensuite nous sommes passées au sauna. Les Allemands étaient obsédés par les microbes. Tout ce qui venait de l'extérieur était suspect à leurs yeux ; la folie de la pureté les hantait[2]. Peu leur importait que, par la suite, celles d'entre nous qui ne mourraient pas à la tâche survivent dans la vermine et des conditions d'hygiène épouvantables. À notre arrivée, il fallait à tout prix nous désinfecter. Nous nous sommes donc déshabillées avant de passer sous des jets de douche alternativement froids et chauds, puis, toujours nues, on nous a placées dans une vaste pièce munie de gradins, pour ce qui en effet était une sorte de sauna. La séance parut ne devoir jamais finir. Les mères qui se trouvaient là devaient subir pour la première fois le regard de leurs filles sur leur nudité. C'était très pénible. Quant au voyeurisme des

------

1. En 1938, les Juifs allemands furent obligés d'ajouter sur leurs papiers le prénom « Sarah » pour les femmes et « Israël » pour les hommes. Cette disposition fut reprise dans les camps de concentration et étendue à tous les Juifs. Elle visait, comme le matricule tatoué sur l'avant-bras, à néantiser l'individu.

2. Le national-socialisme justifia la discrimination, puis l'extermination de la population juive par le mythe de la pureté de la « race aryenne », considérée comme supérieure à toutes les autres par Hitler et ses compagnons.

kapos, il n'était pas supportable. Elles s'approchaient de nous et nous tâtaient comme de la viande à l'étal. On aurait dit qu'elles nous jaugeaient comme des esclaves. Je sentais leurs regards sur moi. J'étais jeune, brune, en bonne santé ; de la viande fraîche, en somme. Une fille de seize ans et demi, arrivant du soleil, tout cela émoustillait les kapos et suscitait leurs commentaires. Depuis, je ne supporte plus une certaine promiscuité physique.

Après cela, nous sommes passées dans une autre pièce où on nous a lancé des vêtements, n'importe lesquels, des vestes déchirées, des chaussures dépareillées, pas à notre taille. Le prétexte pour ne pas nous rendre nos habits répondait à la même obsession de propreté : ils n'avaient pas été passés au désinfectant. Ceux qu'on nous donnait, prétendument propres, étaient bourrés de poux. En quelques heures, nous nous sommes ainsi retrouvées démunies de tout ce qui avait fait jusqu'alors ce qu'était chacune de nous. La seule humiliation que nous n'avons pas connue, c'est d'avoir la tête rasée. La règle, à Auschwitz-Birkenau, voulait que toutes les femmes soient complètement rasées en arrivant, ce qui contribuait à les démoraliser. Lorsque leurs cheveux repoussaient, les kapos les rasaient de nouveau. Afin de conserver une certaine allure, la plupart devaient alors porter un fichu sur la tête. Nous n'avons jamais su le pourquoi de cette exception qui ne pouvait être due au hasard ; celui-ci n'occupait aucune place dans la vie des camps. Certaines ont imaginé que la Croix-Rouge avait annoncé une visite. Nous n'en avons jamais eu confirmation et, bien entendu, personne n'a jamais vu le moindre ins-

pecteur de la Croix-Rouge à Auschwitz. Soixante ans
plus tard, lorsque je pense à la constance avec laquelle
la Croix-Rouge internationale s'est efforcée de légiti-
mer son comportement de l'époque[1], je reste... à tout
le moins perplexe.

Au-delà de cette histoire de cheveux, des choses
totalement incohérentes pouvaient survenir au camp.
Nous n'allions pas tarder à les découvrir. Par exemple,
quand nous eûmes, plus tard, la chance de travailler
toutes les trois dans un petit commando, où les conditions de vie étaient moins dures, Maman est tombée
très malade. Elle ne pouvait plus travailler. Le SS qui
nous gardait a fermé les yeux et a fait le nécessaire
pour qu'elle échappe à l'inspection qu'un gradé a faite
du commando. Quelque temps plus tard, une jeune
Polonaise un peu plus âgée que moi a souffert d'une
septicémie. Un SS est allé chercher jusqu'au village
d'Auschwitz des sulfamides pour la soigner. La jeune
fille a été guérie. Ainsi se déroulait notre existence,
dans une incohérence kafkaïenne[2]. Pourquoi ceci,
pourquoi cela? On ne le savait pas. Pourquoi les

---

1. L'attitude de la Croix-Rouge pendant cette période a fait
l'objet de nombreuses critiques, au point que le Comité international de la Croix-Rouge (CICR) a ouvert ses archives de l'époque
aux historiens et accepté les conclusions auxquelles ceux-ci sont
parvenus. Il admet aujourd'hui que la Croix-Rouge a mené une
action trop timide face aux massacres perpétrés par le régime
national-socialiste dont elle eut connaissance dès l'été 1942.
2. Franz Kafka (1883-1924), écrivain tchèque de langue allemande. Ses romans décrivent notamment une bureaucratie
absurde, sans doute inspirée par l'administration austro-hongroise,
mais qu'illustrèrent aussi les totalitarismes du XXe siècle.

femmes enceintes avaient-elles un régime alimentaire de faveur, mais étaient souvent gazées après l'accouchement, tandis que les nouveau-nés étaient systématiquement assassinés ? Récemment, un ancien déporté a évoqué un détail qui m'a stupéfiée. En application de normes allemandes très strictes en matière de prévention des maladies, les détenus qui effectuaient des travaux de peinture avaient droit à une ration quotidienne de lait, même si le lendemain ils devaient être envoyés à la mort.

L'immense enceinte de Birkenau[1] comprenait, en marge du camp principal, un camp de quarantaine, réservé aux nouveaux venus pour une période limitée, qui tenait déjà de la détention la plus brutale, même s'il y était plus facile d'échapper au travail. Au printemps de 1944, les autorités du camp avaient décidé de prolonger la rampe de débarquement des convois pour la rapprocher des chambres à gaz. La main-d'œuvre du camp principal étant insuffisante, les déportés en quarantaine, dont nous faisions partie, ont été requis pour cette prolongation, permettant ainsi d'accélérer l'acheminement des convois. La plupart des déportés en quarantaine ont donc été mobilisés. Nous portions des pierres et faisions du terrassement. Mais comme nous

---

1. Ce camp, appelé aussi Auschwitz II, avait été construit à l'emplacement d'un village détruit nommé Birkenau en allemand ; il a donné son nom à cette partie du camp d'Auschwitz. S'étendant sur plus de 170 hectares, il servait à la fois de camp d'extermination et de camp de travail forcé pour les déportés qui n'avaient pas été immédiatement massacrés.

n'étions pas encore affectées à tel ou tel commando, il nous arrivait de pouvoir nous cacher au moment de l'appel du matin. Notre attitude énervait les plus âgées qui, elles, n'osaient pas se soustraire aux ordres et craignaient les représailles des SS. Seules quelques-unes d'entre nous étaient dispensées de travail. Ainsi, les danseuses étaient réquisitionnées pour le plaisir de la chef SS du camp, laquelle appréciait la danse. Les musiciennes bénéficiaient en général du même privilège. Dans mon convoi, une jeune danseuse a pu profiter de ce statut. Elle parvint même à garder sa mère auprès d'elle. Toutes deux ont survécu.

Dès notre arrivée au camp, nous avons retrouvé les mêmes clivages de générations qu'au-dehors. Aux yeux des aînées, les plus jeunes se montraient irresponsables et écervelées. Les jours où nous restions au bloc, parce que nous ne travaillions pas, nos bavardages reflétaient ce clivage. Les jeunes femmes évoquaient indéfiniment leurs amours, ce qui faisait rire les adolescentes. Je m'étais rapidement fait deux amies, Marcelline Loridan, qui faisait partie du même convoi que moi, vivante, gaie, plus jeune de dix-huit mois, et Ginette, qui avait le même âge que moi. Aucune de nous trois n'avait eu d'amoureux. Aussi, lorsque les autres se mettaient à parler de leurs affaires de cœur, nous levions les yeux au ciel. Elles s'obstinaient à nous répéter : « Ah, vous ne savez pas ce que c'est que la vie ! Vous ne savez pas ce que vous perdez. » Pour faire bonne mesure, nous devions aussi subir les leçons de morale des plus âgées : « Il faut manger n'importe quoi, parce que sans ça vous serez malades. » Certaines avaient l'âge de Maman, qui, elle, jamais ne se serait comportée de cette façon. Loin d'importuner les filles de mon âge, elle en était au contraire adorée. Aujourd'hui, quand Marcelline ou mes autres camarades, les dernières à l'avoir connue au camp, évoquent son souvenir, c'est toujours avec une exceptionnelle chaleur. Elles parlent de sa douceur, de sa dignité, de son affection. Il est vrai qu'au fil des mois Maman était devenue la protectrice et le réconfort de toutes ces jeunes filles. La plupart d'entre elles n'avaient plus leur mère depuis longtemps ou l'avaient perdue dans les premières semaines de déportation. Bien des mois plus tard, en janvier 1945, lorsqu'on a appris notre départ du camp pour une destination inconnue et qu'avec des milliers d'autres déportés nous avons dû subir cette terrible marche de la mort, c'est encore elle qui sut réconforter tout le monde : « Ne vous inquiétez pas, on s'en est toujours sorties jusqu'à maintenant. Il ne faut pas perdre courage. »

Au début, notre bloc était presque uniquement constitué de Françaises. Petit à petit, au gré des commandos auxquels nous étions affectées, quelques changements sont intervenus, mais nous sommes essentiellement restées entre Françaises. La surveillance et le contrôle étaient assurés par celles qu'on appelait les *stubova*[1], des Juives déportées comme nous, le plus souvent polonaises. Les sévices lourds restaient le pri-

---

1. Le mot est formé sur l'allemand *Stube*, qui désigne une chambre, auquel a été ajouté le suffixe slave féminin *ova*. Il s'agissait donc de la chef de chambrée.

vilège des SS, mais ces filles ne se gênaient pas pour nous distribuer des gifles et des coups. Tout au long de ma détention, elles se sont montrées plutôt gentilles avec moi, comme elles l'étaient d'ailleurs avec les plus jeunes. Nous nous heurtions alors à un autre problème : il fallait se méfier lorsqu'elles devenaient trop entreprenantes. La plupart d'entre nous avions beau être naïves et innocentes, nous étions suffisamment alertées. Nous savions que si une kapo offrait une tartine avec du sucre, elle ne tarderait pas à dire : « Ah, si on dormait là toutes les deux, ça serait si bien. » Il fallait avoir le courage de lui répondre : « Merci, ça va, je n'ai pas sommeil. » Cette ambiguïté sexuelle rôdait en permanence dans les rapports de ces femmes avec les plus jeunes. Aujourd'hui, il suffit d'évoquer ce genre de situation pour que d'anciens déportés s'en scandalisent. Ils oublient que des jeunes gens ont survécu grâce à des protections de ce genre, accompagnées ou non de contreparties. Quant à moi je me refuse à tout jugement dans ce domaine.

Vaille que vaille, nous nous faisions à l'effroyable ambiance qui régnait dans le camp, la pestilence des corps brûlés, la fumée qui obscurcissait le ciel en permanence, la boue partout, l'humidité pénétrante des marais[1]. Aujourd'hui, quand on se rend sur le site, malgré le décor des baraques, des miradors et des barbelés,

---

1. Les camps d'Auschwitz se trouvaient sur un terrain marneux, c'est-à-dire imperméable. L'eau ne pouvait s'en évacuer que grâce à d'importants travaux de drainage qui furent réalisés notamment par les déportés.

presque tout ce qui faisait Auschwitz a disparu. On ne voit pas ce qui a pu se dérouler en ces lieux, on ne peut l'imaginer. C'est que rien n'est à la mesure de l'extermination de ces millions d'êtres humains conduits là depuis tous les coins de l'Europe. Pour nous, les filles de Birkenau, ce fut peut-être l'arrivée des Hongrois[1] qui donna la véritable mesure du cauchemar dans lequel nous étions plongées. L'industrie du massacre atteignit alors des sommets : plus de quatre cent mille personnes furent exterminées en moins de trois mois. Des blocs entiers avaient été libérés pour les accueillir, mais la plupart ont été gazés tout de suite. C'est pour cela que nous avions travaillé à prolonger la rampe à l'intérieur du camp jusqu'aux chambres à gaz. À partir de début mai, les trains chargés de déportés hongrois se sont succédé de jour comme de nuit, remplis d'hommes, de femmes, d'enfants, de vieillards. J'assistais à leur arrivée, car je vivais dans un bloc très proche de la rampe. Je voyais ces centaines de malheureux descendre du train, aussi démunis et hagards que nous, quelques semaines plus tôt. La plupart étaient directement envoyés à la chambre à gaz. Parmi les survivants, beaucoup partirent rapidement pour Bergen-Belsen[2], camp d'une mort plus lente, mais tout aussi

---

1. En mars 1944, l'Allemagne, qui s'était jusque-là appuyée sur le régent Horthy, occupa la Hongrie et y nomma un gouverneur militaire allemand. Le colonel de la SS, Adolf Eichmann, organisa du 15 mai au 9 juillet 1944 la déportation d'environ 440 000 Juifs hongrois à Auschwitz. Plus de 300 000 furent envoyés en chambre à gaz dès leur arrivée au camp.

2. Cf. note 1, p. 59.

certaine. Ceux qui restèrent à Auschwitz-Birkenau se retrouvèrent particulièrement isolés, faute de ne pratiquer aucune autre langue que le hongrois. Dans leur pays, les événements étaient survenus sans préavis. La guerre y était longtemps demeurée marginale. La présence militaire allemande, récente, n'avait rien à voir avec l'occupation des autres pays d'Europe, au point que les nazis avaient dû s'entendre avec les milices hongroises[1] pour mener à bien les arrestations de Juifs.

La logique des camps est implacable : le malheur des uns y atténue celui des autres. L'arrivée en masse des Hongrois à Birkenau a créé une sorte d'abondance. Beaucoup d'entre eux venaient de la campagne. Ils étaient chargés de victuailles, entre autres des pâtés, des saucissons, du miel, ainsi que du pain noir qui n'avait rien à voir avec notre pain à la sciure de bois. Ils débarquèrent aussi avec des valises pleines de vêtements. Une épouvantable tristesse m'étreignait en voyant, éparpillés au sol, les vêtements des personnes qui venaient d'être gazées. Toutes ces affaires étaient ensuite ramassées et expédiées au Canada[2], surnom

---

1. À la tête de la Hongrie depuis mars 1920, le régent Horthy faisait partie des alliés de Hitler. Il avait cependant mis peu d'empressement à faire déporter les Juifs de Hongrie, surtout ceux de Budapest. Le 8 juillet 1944, Horthy, qui avait conservé le pouvoir, fit du reste arrêter la déportation des Juifs de la capitale. C'est donc sur les milices du parti fasciste hongrois, les Croix-Fléchées, que s'appuyèrent les Allemands pour faire arrêter la population juive.
2. Ce surnom désignant l'entrepôt où l'on stockait les affaires des personnes gazées (destinées en général à partir pour l'Allemagne) semble avoir été donné par les déportés chargés du tri en raison de l'abondance des biens qui s'y trouvaient.

du commando où s'effectuait le tri des bagages. C'est là que des déportées triaient les vêtements avant leur envoi en Allemagne. Plus il arrivait d'affaires dans le camp, plus les vols étaient nombreux. Je me souviens d'être passée une fois devant le bloc où habitaient les filles du Canada. Elles avaient réussi à aménager leur baraque, et même si elles dormaient toujours sur des châlits, leur confort était sans rapport avec le nôtre. Elles portaient une lingerie magnifique.

Par contraste avec l'absolue misère qui régnait, le Canada constituait une sorte d'enclave magique au cœur du camp, d'abord parce qu'en émanait une image de richesse et d'abondance, ensuite parce que le Canada alimentait toutes sortes de trafics. Encore fallait-il, pour accéder à ce commerce, qu'on ait quelque chose à échanger, ce qui n'était le cas que d'une infime minorité à laquelle, étant démunies de tout, nous n'appartenions pas. Dans ce trafic hétéroclite, on trouvait des objets de valeur, qui circulaient sous le manteau, ou bien étaient cachés dans l'espoir d'une récupération ultérieure. Les bijoux qui n'étaient pas cachés étaient troqués : une alliance en or contre un pain, ce qui donne une idée de la hiérarchie des valeurs dans le camp. Si on voulait une cuillère pour manger, il fallait l'« organiser », selon le terme consacré ; on se privait pendant deux jours de pain pour payer la cuillère. En dehors du Canada, l'échange fonctionnait aussi, mais à des niveaux plus modestes. Par exemple, si quelqu'un avait besoin d'une paire de chaussures, il se privait de pain pour l'acheter à quelqu'un d'autre. Un peu partout, le chapardage était monnaie courante.

Même si l'on gardait ses chaussures sur soi, il arrivait tout de même qu'on vous les vole pendant la nuit.

J'étais au camp depuis deux mois lorsque j'ai croisé une architecte polonaise survivante du ghetto de Varsovie[1]. Elle faisait partie des gens qui s'étaient enfuis par les égouts avant d'être rattrapés, puis envoyés au ghetto de Lodz[2] et enfin déportés à Auschwitz. Issue de la bourgeoisie de Varsovie, cette jeune femme parlait français. Nous avons sympathisé. Me voyant vêtue de haillons – quand on arrivait au camp, on n'avait jamais droit qu'à des haillons, car les SS n'hésitaient pas à déchirer les vêtements pour mieux nous humilier –, elle tint à m'offrir deux robes assez jolies, à ma taille, qu'elle avait sans doute « organisées » au Canada. Je portais donc une vraie robe, ce qui consti-

---

1. Une fois la Pologne conquise par l'Allemagne, les autorités allemandes parquèrent les Juifs dans des ghettos, à la manière de ce qui se pratiquait au Moyen Âge en Europe. Celui de Varsovie, au centre-ville, regroupait plusieurs centaines de milliers de personnes dans des conditions épouvantables. Dès l'été 1942, une partie de sa population fut déportée vers le camp d'extermination de Treblinka. Du 18 janvier au 16 mai 1943, le ghetto se souleva. Au cours de la résistance acharnée des combattants du ghetto, 7 000 personnes trouvèrent la mort. Les survivants furent déportés à Treblinka. Quelques combattants réussirent à s'enfuir par les égouts, pourtant eux aussi contrôlés par les Allemands.
2. Premier ghetto créé en Pologne par les Allemands (avril 1940), qui y installèrent des ateliers et exploitèrent le travail de la population juive. Les personnes âgées ou improductives étaient régulièrement déportées au camp d'extermination de Chelmno. À l'été 1944, lorsque fut décidée la liquidation de ce ghetto, les survivants furent déportés à Auschwitz, Chelmno étant alors jugé trop proche du front russe.

tuait un bonheur sans nom. J'ai fait cadeau de l'autre à une amie que je rencontre toujours, et qui aujourd'hui encore s'étonne : « Quand je pense que tu m'as donné une robe au camp ! »

Lorsque le prolongement de la rampe a été terminé, les SS nous ont astreintes à des tâches inutiles dont le résultat, sinon l'objet, était de nous affaiblir encore plus : porter des rails, creuser des trous, charrier des pierres. Nous savions que bientôt, à l'issue de la quarantaine, nous serions affectées à un commando. Lequel ? Les déportées pouvaient aussi bien être envoyées au Canada, pour trier des vêtements, qu'assujetties à poursuivre des travaux épuisants, à terrasser, à porter des rails, à creuser des fossés. Personne n'avait la moindre idée de ce qui l'attendait. Les affectations étaient entièrement soumises au bon vouloir et à l'humeur des kapos et des SS.

Entre-temps, nous avons appris, dès le 7 juin je crois, que les Alliés venaient de débarquer. Le bruit en avait souvent couru. Ce jour-là, c'est un fragment de journal reproduisant la carte de la côte normande et précisant les lieux du débarquement que j'ai ramassé par terre. Je demeure convaincue que la femme SS qui nous surveillait l'avait laissé traîner à dessein.

Un matin, alors que nous sortions du camp pour aller au travail, la chef du camp, Stenia, ancienne prostituée, terriblement dure avec les autres déportées, m'a sortie du rang : « Tu es vraiment trop jolie pour mourir ici. Je vais faire quelque chose pour toi, en t'envoyant ailleurs. » Je lui ai répondu : « Oui, mais j'ai une mère et une sœur. Je ne peux pas accepter d'aller ailleurs si elles ne viennent pas avec moi. » À ma grande surprise, elle a acquiescé : « D'accord, elles viendront avec toi. » Tous les gens auxquels j'ai par la suite raconté cet épisode sont restés stupéfaits. Il s'est pourtant déroulé ainsi. Fait incroyable, cette femme, que je n'ai par la suite croisée que deux ou trois fois dans le camp, ne m'a jamais rien demandé en échange. Tout s'est donc passé comme si ma jeunesse et le désir de vivre qui m'habitaient m'avaient protégée ; ce qui en moi semblait encore appartenir à un autre monde m'avait sortie du lot par l'intermédiaire de cette Polonaise brutale devenue, par je ne sais quelle chance, une bonne fée pour ma mère, ma sœur et moi-même.

En effet, elle tint sa promesse. Quelques jours plus tard, nous avons été toutes les trois transférées dans un commando moins dur que les autres, à Bobrek[1], où l'on travaillait pour Siemens. Avant notre départ, nous avons subi une visite médicale. Sans l'insistance de Stenia, le docteur Mengele[2], déjà bien identifié

---

1. Le camp d'Auschwitz comportait en réalité trois camps. Le troisième, celui de Monowitz, appelé aussi Auschwitz III, était un camp de travail forcé où la main-d'œuvre déportée était utilisée par de grandes entreprises allemandes. La firme Siemens disposait du sous-camp de Bobrek où elle faisait monter des pièces électriques pour des avions et des sous-marins. Ce camp de petite taille (environ 300 personnes) offrait de meilleures chances de survie.

2. Josef Mengele (1911-1979), médecin allemand, membre de la SS. Il faisait partie des médecins sélectionnant les déportés à leur arrivée. Il se livra aussi à des expériences d'une grande cruauté sur les déportés qui lui valurent le surnom d'« Ange de la mort ». Après la guerre, il réussit à s'enfuir en Amérique latine et,

dans le camp comme criminel, aurait écarté Maman dont la santé avait déjà décliné. Nous sommes restées à Bobrek à quatre ou cinq kilomètres de Birkenau de juillet 1944 à janvier 1945. Sont parties avec nous trois femmes communistes, déportées comme juives, une Polonaise et deux Françaises. Toutes les trois avaient d'abord été affectées au bloc d'expériences médicales, où elles n'avaient subi que des prélèvements anodins pour leur santé. C'est la protection de femmes médecins communistes qui leur permit ensuite d'aller à Bobrek, ces médecins leur ayant précisé : « On nous demande maintenant de nous livrer sur vous à des expériences dont nous sommes incapables de mesurer les conséquences. Nous allons tout faire pour que vous partiez parce que nous ne savons pas du tout comment les choses vont tourner. » Et c'est ainsi que ces trois femmes sont parties avec nous.

Nous sommes arrivées à Bobrek, deux ou trois jours avant mon anniversaire. Je me souviens que le SS du camp m'a donné à cette occasion ce qu'on appelait *eine Zulage*, une prime, c'est-à-dire un morceau de pain. C'était quelques jours avant la tentative d'attentat contre Hitler[1]. Nous avons appris l'événement de

---

malgré les recherches menées par les autorités allemandes et israéliennes, il ne fut jamais arrêté et mourut au Brésil sous le nom de Wolfgang Gerhard.

1. Le 20 juillet 1944, Claus von Stauffenberg, qui faisait partie d'un complot militaire et civil visant à tuer Hitler avant qu'il ne conduise l'Allemagne au désastre, introduisit une bombe dans la pièce où se tenait une réunion présidée par Hitler. Épargné par l'explosion, celui-ci fit exécuter les conjurés.

la bouche de ceux qui travaillaient dans les bureaux et, pendant un ou deux jours, nous avons espéré qu'il était mort.

Le commando comptait environ deux cent cinquante déportés, dont trente-sept femmes. Nous étions répartis entre des tâches diverses en liaison avec les activités de l'usine Siemens qui fabriquait des pièces d'avions, dont je n'ai jamais vu une seule car ma sœur et moi avions été affectées aux éternels travaux de terrassement. C'était le même genre d'activité inutile qu'à Birkenau. Nous devions dépierrer un terrain limitrophe d'un champ de raves. Dans quel but ? Mystère. La surveillance était moins stricte qu'à Birkenau. Plus tard, j'ai été affectée à des travaux de maçonnerie, parce qu'il fallait construire un mur dont j'ai toujours ignoré à quoi il pouvait bien servir. J'ai souvent repensé à cet apprentissage de la truelle lorsque j'ai eu à poser des premières pierres.

Pendant toute cette période, Maman, Milou et moi avons réussi à ne pas être séparées. Même si Maman a commencé alors à s'affaiblir, elle a toujours travaillé. Nous faisions tout pour la protéger. Nous n'avions guère plus à manger qu'à Auschwitz mais, comme le travail n'était pas aussi épuisant, cela suffisait à nous maintenir en vie. Parfois, la nourriture était un peu moins infecte, sans doute parce que Siemens avait besoin de travailleurs qui aient un minimum de rendement. On nous servait parfois une soupe enrichie de légumes séchés ou de pommes de terre, alors que la soupe d'Auschwitz ne contenait guère mieux que des orties, et jamais de viande. À Bobrek, le cuisinier des SS, un Juif allemand, aidait les Français à ne pas dépérir, grâce à des soupes un peu plus consistantes, sans doute prélevées sur le menu des SS. Il avait été arrêté en France. Son histoire, qu'il racontait volontiers, prenait des allures d'épopée. Il était parti d'Allemagne avant la guerre pour aller vivre en Palestine en compagnie de son épouse, une Luxembourgeoise, mais le couple n'avait pas marché. En 1939, il était donc revenu en Allemagne avant de fuir à nouveau en France, où il se fit arrêter. Le destin qu'il avait tout fait pour fuir l'avait rattrapé. À Bobrek, il avait à cœur d'aider les plus jeunes, témoignant, comme beaucoup d'autres, qu'une profonde solidarité pouvait lier les déportés entre eux. Au camp de Buchenwald[1], par exemple, où se trouvait un groupe d'enfants, qui dans les autres camps étaient presque tous gazés à l'arrivée, ce sont souvent des communistes qui, grâce à la place privilégiée qu'ils étaient parvenus à occuper au sein de l'administration, les ont sauvés.

À Bobrek, le calme régnait parce qu'à la moindre incartade chacun courait le risque d'être renvoyé à Birkenau. Mis à part cette menace permanente, le régime de vie et de travail était si différent de celui de Birkenau que Bobrek avait été surnommé le « sanatorium ». Les

---

1. Le camp de concentration de Buchenwald fut ouvert non loin de Weimar dès 1937. D'abord lieu d'internement de prisonniers politiques, allemands et étrangers, il accueillait aussi des droits communs, des Juifs, des Tziganes et des homosexuels. Nombre de personnalités politiques ou de résistants français, communistes notamment, y furent détenus.

déportés rêvaient tous d'y aller. D'ailleurs, pendant
tout le temps que nous y avons passé, personne n'est
mort. Notre groupe de femmes était caserné dans un
grenier au-dessus de l'atelier de l'usine. Comme nous
étions peu nombreuses, il n'y avait pas d'appel à l'extérieur. Seul un SS venait vérifier notre présence, je crois
plus en espérant nous surprendre pendant notre toi-
lette que pour de réelles raisons de sécurité. Il n'était
pas question de s'évader. D'ailleurs, vers où aurions-
nous pu nous diriger ? Dans la région, les camps se suc-
cédaient sur des kilomètres et des kilomètres. Prendre
le risque de partir revenait à mourir encore plus sûre-
ment que de rester à attendre que le destin dispose
de nous. De Birkenau, on ne s'évadait pas davantage.
La seule déportée ayant tenté de le faire, à partir des
bureaux où elle travaillait, fut rapidement reprise et
pendue.

Soudain, l'avance des troupes soviétiques[1] fit pani-
quer les autorités allemandes. Il faut dire que les bombardements aériens devenaient de plus en plus fréquents dans le secteur d'Auschwitz. Sur la route qui
longeait le commando, on voyait depuis la fin de l'année
des troupes allemandes en repli, dans le désordre. Le
18 janvier 1945, le commando de Bobrek reçut l'ordre

---

1. Après la capitulation de l'armée allemande à Stalingrad
(février 1943), l'Armée rouge fit reculer la Wehrmacht et
reconquit l'Ukraine et la Biélorussie. À l'été 1944, elle avait atteint
la Pologne où se trouvait le camp d'Auschwitz-Birkenau (à une
centaine de kilomètres de Cracovie). Les troupes allemandes se
repliaient donc de plus en plus vers l'Ouest.

de départ. Nous sommes donc partis à pied pour l'usine Buna[1], située dans l'enceinte d'Auschwitz-Birkenau. Nous y avons rejoint tous les autres détenus des camps d'Auschwitz, environ quarante mille personnes, et avons entamé cette mémorable longue marche de la mort[2], véritable cauchemar des survivants, par un froid de quelque trente degrés en dessous de zéro. Ce fut un épisode particulièrement atroce. Ceux qui tombaient étaient aussitôt abattus. Les SS et les vieux soldats de la Wehrmacht qu'ils encadraient jouaient leur peau et le savaient. Il leur fallait à tout prix fuir l'avance des Russes, tenter d'échapper coûte que coûte à la mort qui les poursuivait. Enfin, nous sommes parvenus à Gleiwitz[3], à soixante-dix kilomètres plus à l'ouest, je dis bien soixante-dix, où s'opérait le regroupement des

---

1. Cette usine de caoutchouc (Buna est l'abréviation du nom du caoutchouc produit), appartenant à IG Farben, où travaillaient des déportés, se trouvait dans le complexe de Monowitz-Buna, également appelé Auschwitz III. Considérée comme un objectif stratégique par les Alliés, elle fut bombardée à quatre reprises en 1944 par ces derniers.

2. En juillet 1944, voyant l'Armée rouge approcher, les autorités allemandes avaient fermé le camp d'extermination de Majdanek (installé près de Lublin). Les troupes soviétiques, entrées le 23 juillet 1944 à Majdanek, avaient trouvé des preuves des massacres qui y avaient été perpétrés. Inquiet de l'avance soviétique, Himmler donna l'ordre d'évacuer le camp d'Auschwitz afin de faire disparaître autant que possible les traces des activités criminelles menées par le régime. En plein hiver, les détenus jugés transportables furent donc jetés sur les routes (plus rarement transportés en train) en direction des camps situés plus à l'ouest et achevés en route, lorsque l'épuisement les empêchait d'avancer.

3. Camp de travail situé en Haute-Silésie qui dépendait administrativement du camp d'Auschwitz.

déportés qui avaient réussi à survivre. La proximité croissante des troupes soviétiques affolait tellement les Allemands que nous nous sommes alors demandé si nous n'allions pas tous être exterminés. Nous attendions notre sort, hommes et femmes mélangés dans ce camp épouvantable où il n'y avait plus rien, aucune organisation, aucune nourriture, aucune lumière. Certains hommes exerçaient sur les femmes un chantage épouvantable : « Comprenez-nous, on n'a pas vu de femmes depuis des années. » C'était l'enfer de Dante[1]. Je me souviens d'un petit Hongrois très gentil. Il avait dans les treize ans et son désarroi était tel que nous l'avions recueilli par pitié. Il disait : « Les hommes, ils m'ont abandonné. Je suis tout seul. Je ne sais pas où aller. Je ne sais pas trop comment trouver à manger. N'empêche que les hommes, ils seront bien contents tout de même de nous retrouver quand il n'y aura plus de femmes. » C'était à fendre le cœur. Je me demandais en mon for intérieur : « Que vont devenir ces jeunes s'ils parviennent à échapper à cet enfer ? » Un autre garçon que j'ai connu et qui s'est trouvé dans cette situation atroce de soumission aux hommes a fait, après la guerre, de brillantes études et effectué un parcours professionnel d'exception. Il a aidé beaucoup de ses camarades qu'il a retrouvés et a fondé une superbe famille. Quand nous venons à évoquer cette époque, sa femme dit simplement : « Il ne parle jamais du camp. »

---

1. Dante Alighieri (1265-1321), auteur de langue italienne de *La Divine Comédie*, dont l'une des parties les plus célèbres est consacrée aux neuf cercles de l'enfer.

De Gleiwitz, les trains ont commencé à partir dans plusieurs directions. Beaucoup d'hommes ont été dirigés vers Berlin, où les bombardements avaient causé d'énormes dégâts et où le déblaiement exigeait des bras. D'autres sont partis vers des usines d'armement. Quant à nous, les femmes, les SS nous ont entassées sur des plates-formes de wagons plats, et nous avons été dirigées d'abord sur Mauthausen[1], où le camp n'a pas pu nous accueillir, faute de place. Nous sommes alors reparties pour huit jours de train, en plein vent, sans rien à boire ni à manger. Nous tendions les rares gamelles que nous avions pu emporter afin de récupérer la neige et la boire. Lorsque notre convoi a traversé les faubourgs de Prague, les habitants, frappés par le spectacle de cet entassement de morts vivants, nous ont jeté du pain depuis leurs fenêtres. Nous tendions les mains pour attraper ce que nous pouvions. La plupart des morceaux tombaient par terre.

Pourquoi les nazis n'ont-ils pas tué les Juifs sur place, plutôt que de les embarquer dans leur propre fuite ? La réponse est simple : pour ne pas laisser de traces derrière eux. Il ne s'agissait même pas dans leur esprit de nous conserver comme future monnaie d'échange, mais simplement de nous faire disparaître par les moyens les plus discrets. Notre chance a été

---

1. Camp de travail et d'extermination, installé en Autriche en août 1938, soumis à un régime particulièrement dur : le taux de mortalité y était de plus d'une personne sur deux dès 1943. Il fut libéré par les troupes américaines le 5 mai 1945.

que le camp d'Auschwitz était encore trop peuplé pour qu'une complète, rapide et discrète élimination soit envisageable.

Notre convoi a roulé jusqu'au camp de Dora[1], commando de Buchenwald. À cause du froid et de l'absence de nourriture, bon nombre d'entre nous avaient péri durant le voyage. Nous sommes les seules femmes à être passées par Dora. C'était un camp pour hommes, très dur, où les déportés travaillaient au fond d'un tunnel à la fabrication des fameux V2[2]. La terreur régnait partout. Très peu de déportés en ont d'ailleurs réchappé. Après deux jours de nouvelles incertitudes et d'angoisse, le petit groupe de femmes dont nous faisions partie a été expédié à Bergen-Belsen, entre Hambourg et Hanovre, au nord de l'Allemagne, dans une région où les troupes alliées sont arrivées très tard. Les nazis avaient ajouté à notre convoi des Tziganes[3] arrêtées peu de temps avant car, malgré l'atmo-

---

1. Ce camp, installé en Thuringe, dépendit d'abord du camp de Buchenwald, avant de devenir autonome en octobre 1944. Les détenus y furent contraints de construire l'usine souterraine où devaient être montés les missiles V2, puis d'y travailler. Leurs conditions de vie et de travail provoquèrent la mort de 20 000 d'entre eux.
2. Ancêtres des missiles balistiques modernes, ils furent conçus par l'ingénieur Wernher von Braun, qui travailla ensuite pour la NASA. On estime en général que leur fabrication fit presque plus de victimes que leur utilisation militaire.
3. Les Tziganes furent soumis à une extermination comparable à celle subie par la population juive. Faute de statistiques claires les concernant, on ignore le nombre exact de Tziganes disparus pendant la Seconde Guerre mondiale. Les historiens estiment que les Allemands tuèrent de 25 à 50 % de l'ensemble des Tziganes

sphère de débâcle qui régnait partout, la folie allemande des arrestations continuait. C'est vers Bergen-Belsen, compte tenu de la situation géographique, que convergeaient des milliers de déportés venus de tous les camps de l'Est, y compris des résistants. On y trouvait aussi des Françaises, épouses d'officiers et de sous-officiers juifs détenus au camp de prisonniers de Lübeck[1]. Nous sommes arrivées à Bergen-Belsen[2] le 30 janvier.

À Bergen-Belsen, les détenus ne travaillaient pas et le camp, ouvert naguère pour y accueillir des déportés à statut spécial, était désormais totalement submergé[3]

---

européens. Il fallut en outre attendre 1982 pour que l'Allemagne reconnaisse sa responsabilité dans ce génocide. Dans le dernier chapitre de son autobiographie, Simone Veil rappelle le sort qu'ils subirent et écrit : « Un même devoir de mémoire lie donc nos destins. »

1. Ville du nord de l'Allemagne. Un camp de prisonniers y fut ouvert au début de la guerre, où nombre d'officiers et sous-officiers français faits prisonniers lors de la bataille de France furent envoyés. Les conditions de vie y étaient dures.

2. Le camp de Bergen-Belsen (cf. aussi note 1, p. 59) se trouvait dans le nord de l'Allemagne, en Basse-Saxe, près de la ville de Celle, à une centaine de kilomètres de Lübeck. D'abord utilisé pour les déportés à statut spécial (susceptibles de pouvoir être échangés), il devint à partir de mars 1944 « camp de repos » : on y envoyait les prisonniers des autres camps devenus incapables de travailler et on les y laissait mourir. À partir de janvier 1945, il servit de camp de regroupement pour les déportés évacués des camps de concentration trop proches du front.

3. En décembre 1944, le camp comptait 15 227 détenus (dont 8 000 de sexe féminin). En janvier, ils étaient 22 286 (dont plus de 16 000 femmes), à la mi-janvier, 41 520 (dont plus de 26 000 femmes), le 1er mars, 45 117 (dont plus de 30 000 femmes). Malgré

par ce déferlement de déportés de toutes provenances. Les conditions de vie, si l'on peut encore employer cette formule, y étaient épouvantables. Il n'y avait plus d'encadrement administratif, presque pas de nourriture, pas le moindre soin médical. L'eau elle-même faisait défaut, la plupart des canalisations ayant éclaté. Et comme si tout cela ne suffisait pas au malheur des silhouettes squelettiques qui erraient à la recherche de nourriture, une épidémie de typhus[1] s'était déclarée. Ajoutée à la faim, elle entraînait une effrayante mortalité. L'enlèvement des cadavres n'était plus assuré, de sorte que les morts se mêlaient aux vivants. Dans les dernières semaines, la situation y devint telle que des cas de cannibalisme apparurent. Les SS, paniqués autant par l'atmosphère de débâcle militaire qui gagnait toute l'Allemagne que par les risques de contagion, se contentaient de garder le camp où affluaient sans cesse de nouveaux Juifs venus de toute l'Allemagne. Hormis ces quelques SS, les Allemands ne s'occupaient plus du camp. Bergen-Belsen était devenu le double symbole de l'horreur de la déportation et de l'agonie de l'Allemagne. Ceux qui s'étaient rêvés maîtres du monde étaient devenus aussi vulnérables que leurs propres victimes.

---

les épidémies, 60 000 détenus avaient survécu lors de la libération du camp.

   1. Maladie provoquée par les poux lors de grands rassemblements de populations dans des conditions sanitaires désastreuses. Les détenus souffraient aussi de tuberculose, de typhoïde et de dysenterie.

À Bergen-Belsen, le hasard a voulu que je retombe sur la *Lagerälteste*[1], cette ancienne prostituée qui nous avait déjà sauvé la vie à Birkenau. Elle avait suivi la débâcle des camps et était devenue chef du camp de Bergen-Belsen. Elle m'a reconnue tout de suite et m'a dit de venir la voir le lendemain matin, avant que la journée ne commence, ce que j'ai fait. Elle m'a aussitôt placée à la cuisine des SS. Ce nouveau geste nous a sans doute évité de mourir de faim, comme tant d'autres. L'attitude de cette femme à mon égard est toujours demeurée un mystère pour moi. Dans les jours qui suivirent la libération du camp, j'ai appris qu'elle avait été pendue par les Britanniques.

Toute la journée, je devais râper des pommes de terre, au point d'avoir les mains en sang. Je m'y appliquais avec la dernière énergie, redoutant plus que tout d'être renvoyée de cette cuisine où, malgré ma peur et ma maladresse, je parvenais à voler un peu de nourriture pour Maman et Milou. Une fois, je me suis fait prendre par un SS avec un peu de sucre. Il s'est contenté d'une sévère correction avant de me laisser repartir, avec le sucre.

Le travail à la cuisine était aussi rude que la vie dans le reste du camp. Les derniers temps, je ne dormais guère plus de deux ou trois heures par nuit, en raison des alertes incessantes. Nous quittions la cuisine si tard que je dormais en marchant. Les bombardements, de plus en plus fréquents, empêchaient sou-

---

1. Terme signifiant « doyenne du camp », qui désignait les kapos.

Simone Jacob, à quatre ans.

Ses parents, Yvonne et André Jacob.

Simone et sa mère, à Nice

Les quatre enfants Jacob avec leur mère, à Nice, en 1930.

Milou, Simone, Jean et Denise, en 1932.

Milou, Denise, Jean et Simone, en 1934.

La classe de quatrième de Mlle Rougier en 1939,
à la veille de la guerre.

Le camp de Drancy où convergeaient les convois de toute la France.

Des détenues regagnent le camp d'Auschwitz-Birkenau
sous escorte après avoir travaillé à l'extérieur du camp
(vers 1943-1944).

© AKG

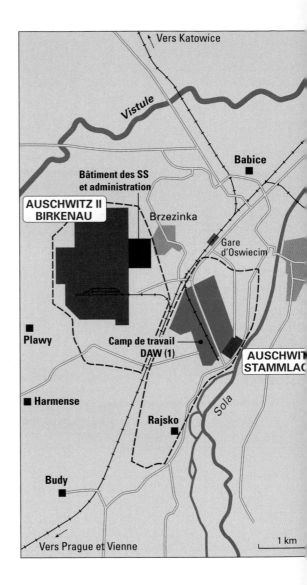

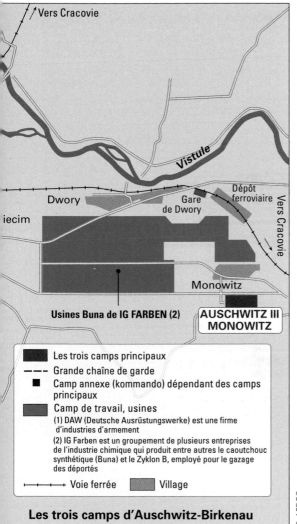

Les trois camps d'Auschwitz-Birkenau

Vers Cracovie

Vistule

Dwory

Gare de Dwory

Dépôt ferroviaire

Vers Cracovie

iecim

Monowitz

Usines Buna de IG FARBEN (2)

AUSCHWITZ III MONOWITZ

■ Les trois camps principaux

--- Grande chaîne de garde

■ Camp annexe (kommando) dépendant des camps principaux

■ Camp de travail, usines

(1) DAW (Deutsche Ausrüstungswerke) est une firme d'industries d'armement

(2) IG Farben est un groupement de plusieurs entreprises de l'industrie chimique qui produit entre autres le caoutchouc synthétique (Buna) et le Zyklon B, employé pour le gazage des déportés

+—+—+→ Voie ferrée   ■ Village

© AFDEC

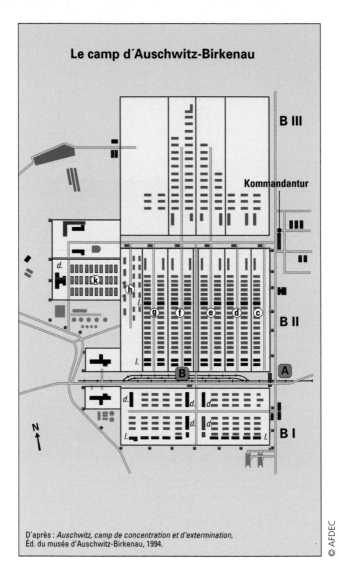

Le camp d'Auschwitz-Birkenau

B III

Kommandantur

d.

k

h

l

g   f   e   d   c

l.

B II

B

A

d.   d.   d

d.   d

l.   l.

N

B I

D'après : *Auschwitz, camp de concentration et d'extermination*,
Éd. du musée d'Auschwitz-Birkenau, 1994.

Les secteurs du camp

B I 1er secteur du camp (femmes)

A Entrée principale du camp

B Rampe où on procédait aux « sélections » dès la descente des trains

B II 2e secteur du camp (hommes)

ⓒ Camp de quarantaine

ⓓ Camp pour les Juifs déportés du camp de Therezienstadt

ⓔ Camp réservé aux Juifs déportés pour la plupart de Hongrie

ⓕ Camp réservé aux hommes de différentes nationalités

ⓖ Camp réservé aux Tziganes (familles)

ⓗ « Hôpital » pour les détenus hommes

B III 3e secteur du camp, inachevé, appelé « Mexique »

Les bâtiments

▬ Kommandantur　　▬ Baraquements pour les SS

⹀ Baraquements d'habitation pour les détenus (blocs)

▬ ▬ Sanitaires (*l.* : latrines et lavabos, *d.* : douches)

▮▮ⓚ Magasins des objets extorqués aux détenus (« Kanada »)

▢ Enceinte de barbelés　　▪ ▪ Miradors

▬▄ Chambres à gaz (certaines équipées de crématoires)

▬ Fosse commune des prisonniers de guerre soviétiques

\\ Fosses de crémation

◗ Lieu où étaient versées les cendres des victimes

⹀● Épurateurs

Les ateliers de Bobrek, à Auschwitz, où Simon

ravailla de juillet 1944 à janvier 1945.

Auschwitz en 1942

Auschwitz aujourd'hui

La marche de la mort,
70 km entre Auschwitz et Gleiwitz (18-21 janvier 1945)

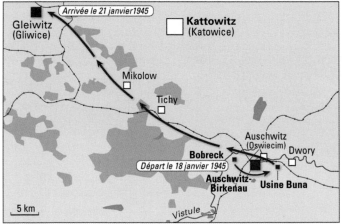

© AKG

Prisonniers de Bergen-Belsen au moment de la libération
du camp par les troupes britanniques
(avril 1945).

À Auschwitz, cinquante ans après,
avec ses enfants et petits-enfants.

vent notre retour aux baraques dans lesquelles il n'y avait fréquemment plus aucune place pour s'allonger, ni même pour s'asseoir. Le matin, nous nous levions avant le jour pour être prêtes à partir dans les commandos dès l'aube, épuisées par le manque de sommeil mais cherchant à tout prix à ne pas nous faire remarquer, car travailler à la cuisine des SS constituait la fragile assurance de ne pas mourir de faim.

Maman était déjà très affaiblie par la détention, le travail pénible, le voyage épuisant à travers la Pologne, la Tchécoslovaquie et l'Allemagne. Elle n'a pas tardé à attraper le typhus. Elle s'est battue avec le courage et l'abnégation dont elle était capable. Elle conservait la même lucidité sur les choses, le même jugement sur les êtres, la même stupeur face à ce que des hommes étaient capables de faire endurer à d'autres hommes. En dépit de l'attention que Milou et moi lui prêtions, malgré le peu de nourriture que je parvenais à voler pour la soutenir, son état s'est rapidement détérioré. Sans médicaments ni médecins, nous étions incapables de la soigner. Jour après jour, nous la voyions décliner. Assister avec impuissance à la fin lente mais certaine de celle que nous chérissions plus que tout au monde nous était insoutenable.

Elle est morte le 15 mars, alors que je travaillais à la cuisine. Lorsque Milou m'a informée à mon retour, le soir, je lui ai dit : « C'est le typhus qui l'a tuée, mais tout en elle était épuisé. » Aujourd'hui encore, plus de soixante ans après, je me rends compte que je n'ai jamais pu me résigner à sa disparition. D'une certaine façon, je ne l'ai pas acceptée. Chaque jour, Maman se tient près de moi, et je sais que ce que j'ai pu accomplir dans ma vie l'a été grâce à elle. C'est elle qui m'a animée et donné la volonté d'agir. Sans doute n'ai-je pas la même indulgence qu'elle. Sur bien des points, elle me jugerait avec une certaine sévérité. Elle me trouverait peu conciliante, pas toujours assez douce avec les autres, et elle n'aurait pas tort. Pour toutes ces raisons, elle demeure mon modèle, car elle a toujours su affirmer des convictions très fortes tout en faisant preuve de modération, une sagesse dont je sais que je ne suis pas toujours capable.

Début avril, nous avons senti que le dénouement était proche. D'un jour à l'autre, les bombardements se rapprochaient. Milou n'allait pas bien. Elle aussi avait contracté le typhus. Je la réconfortais du mieux que je pouvais : « Écoute, il faut tenir le coup et ne pas se laisser aller, parce que nous allons être libérées très vite. » Lorsque je rentrais du travail, je lui répétais : « Tu verras, c'est pour demain. Tiens bon, tiens bon. » Et chaque nuit, alors qu'à cause des alertes l'éclairage était coupé et que je ne pouvais réintégrer notre baraque, la peur me saisissait : allais-je retrouver Milou en vie ? Cette idée qu'après ma mère ma sœur risquait de ne pas rentrer en France avec moi m'anéantissait. Je me forçais donc à tenir le coup, à rester vaillante malgré les quelques symptômes du typhus que je ressentais et que les médecins m'ont confirmé après la libération du camp. Je m'en suis assez vite remise.

Bergen-Belsen a été libéré le 17 avril[1]. Les troupes anglaises ont pris possession du camp sans rencontrer la moindre résistance, malgré la présence résiduelle des SS. En fait, Allemands et Anglais avaient signé un accord deux ou trois jours plus tôt, tant la crainte du typhus terrorisait les Allemands. Pour moi, ce jour de libération compte cependant parmi les plus tristes de cette longue période. Je travaillais à la cuisine, dans un bâtiment séparé, et dès que les Anglais sont arrivés, ils ont isolé le camp avec des barbelés infranchissables. Je n'ai donc pas pu rejoindre ma sœur. Le fait de ne pas pouvoir partager ma joie et mon soulagement avec elle a constitué une épreuve supplémentaire. Nous étions restées treize mois ensemble, sans jamais être séparées, une chance extraordinaire. Et le jour où le cauchemar prenait fin, nous nous trouvions éloignées l'une de l'autre. Il nous a fallu attendre le lendemain pour nous retrouver et pouvoir enfin nous étreindre.

Nous étions libérées, mais pas encore libres. Dès leur entrée dans le camp, les Anglais avaient été effarés par ce qu'ils découvraient : des masses de cadavres[2]

---

1. Les troupes britanniques prirent le contrôle du camp après une longue négociation avec les autorités allemandes déclarant le camp zone neutre. (Bergen-Belsen se trouvait en pleine zone de combats et la terrible épidémie de typhus qui y sévissait en faisait un danger pour les troupes allemandes et alliées.) La plupart des SS avaient quitté le camp avant l'arrivée des Britanniques. Restaient cependant le commandant du camp et environ 80 SS hommes et femmes.

2. Selon les témoignages des soldats britanniques, plus de 10 000 cadavres étaient entassés sans sépulture dans le camp. L'une des premières tâches des troupes britanniques fut d'enter-

empilés les uns sur les autres, et que des squelettes vivants tiraient vers des fosses. Les risques d'épidémie amplifiaient encore cette apocalypse. Le camp a aussitôt été mis en quarantaine. La guerre n'était pas encore finie et les Alliés ne voulaient prendre aucun risque sanitaire.

Les Anglais, après avoir brûlé les baraquements pour enrayer le typhus, nous ont installées dans les casernes des SS, en plaçant des matelas supplémentaires au sol pour loger tout le monde. Les draps dans lesquels nous dormions avaient beau avoir servi aux Allemands, nous n'en avions cure. C'était un tel luxe à nos yeux ! En revanche, aussi incroyable que cela paraisse, la faim persistait car les Anglais avaient l'ordre de n'utiliser que les rations militaires, qui nous rendaient malades. Le général anglais responsable s'est d'ailleurs trouvé tellement désemparé qu'assez vite il a demandé à repartir se battre, plutôt que de s'occuper d'un camp où il ne disposait d'aucun moyen. Malgré l'interdiction de sortir, j'ai dû à plusieurs reprises enfreindre la consigne pour aller chercher du ravitaillement dans les fermes alentour, en échange de cigarettes que des soldats français récemment libérés de captivité nous apportaient.

Nous étions regroupées par nationalités, et un officier de liaison français avait recueilli et vérifié nos

---

rer les corps, tâche qui fut dévolue aux anciens gardes SS. Malgré les mesures sanitaires, les prisonniers continuèrent à mourir par milliers au cours des deux semaines qui suivirent l'arrivée des Britanniques dans le camp.

identités. C'était la première fois depuis des mois que nous utilisions nos propres noms. Nous n'étions plus des numéros. Lentement, nous retrouvions notre identité, mais on sentait que les autorités françaises n'étaient pas trop pressées de nous récupérer, et nous sommes restés là un mois[1]. Tandis que la plupart des soldats français libérés étaient rapatriés par avion et se désespéraient de nous laisser dans cet état, un médecin a tenu à rester pour veiller sur notre santé. Plusieurs jours se sont encore écoulés sans qu'on nous informe des conditions de notre retour en France. Puis on nous a expliqué que nous allions rentrer par camions, ce qui nous est rapidement apparu comme un scandale ; les autorités avaient su trouver des avions pour les soldats, mais pas pour nous. Nous n'étions pourtant pas si nombreuses, les survivantes juives. De là à penser qu'aux yeux de notre propre pays le sort des déportés n'avait guère d'importance[2], il n'y avait qu'un pas. Beaucoup de mes camarades l'ont franchi.

---

1. On oublie souvent que la libération des camps de concentration fut suivie d'une période plus ou moins longue de maintien en « centres de rassemblement », généralement installés dans les anciens camps de concentration où les prisonniers, appelés « personnes déplacées », attendaient de pouvoir rentrer chez eux. Le problème se posa particulièrement pour les déportés originaires de pays passés sous l'emprise soviétique ou encore profondément antisémites, où ils ne souhaitaient pas retourner. Ce qui explique que le dernier de ces camps ne ferma qu'en 1957.

2. En mai 1945, dans la France libérée depuis plusieurs mois, les autorités semblaient se soucier prioritairement des prisonniers de guerre et des prisonniers politiques.

Il a fallu cinq jours pour nous acheminer jusqu'au centre d'hébergement situé à la frontière entre l'Allemagne et les Pays-Bas. J'étais remise et en bonne santé. En revanche, Milou était si mal que tout le monde a accepté sans discussion qu'elle soit assise à côté du chauffeur. Lorsque nous sommes arrivées dans ce centre, nous avons retrouvé des camarades d'Auschwitz. En quittant le camp, un certain nombre d'entre elles n'avaient pas été dirigées sur Bergen-Belsen mais sur Ravensbrück. C'est ainsi qu'une fille m'a dit : « C'est bien toi, Simone Jacob ? J'ai vu ta sœur Denise à Ravensbrück. » À la tête que j'ai faite en l'entendant, elle s'est aussitôt rendu compte que je ne savais rien. La nouvelle était trop rude. Nous avions toujours espéré que notre sœur n'avait pas été déportée. Tout à coup, une crise de nerfs m'a saisie et j'ai éclaté en sanglots ; nous avions eu de très mauvais échos sur ce qui s'était passé à Ravensbrück au moment de la libération du camp[1]. On disait qu'il y avait eu beaucoup de prisonniers tués au dernier moment. Ces rumeurs n'étaient pas fondées, et il ne s'était rien passé à Ravensbrück de pire que partout ailleurs.

---

1. Avant leur départ du camp, les Allemands remirent à la Croix-Rouge suédoise et danoise une centaine de détenues, pour l'essentiel de nationalité française. Ils évacuèrent ensuite 20 000 prisonniers du camp de Ravensbrück en mars 1945 en leur imposant une « marche de la mort » vers le Mecklembourg. Au cours de son avancée, l'Armée rouge les rencontra et les libéra. C'est elle aussi qui, fin avril 1945, entra au camp de Ravensbrück où se trouvaient encore 3 500 détenues.

Finalement, nous sommes rentrées en France. Milou a été conduite en ambulance jusqu'au train, où on l'a étendue dans un wagon sanitaire. Nous avons rejoint Valenciennes, puis Paris. Le lendemain 23 mai, soit plus d'un mois après la libération du camp de Bergen-Belsen, nous sommes enfin arrivées à l'hôtel Lutetia, où tous les anciens déportés étaient accueillis. Immédiatement, nous avons cherché à nous renseigner sur le sort de Denise. On nous a appris qu'elle était déjà rentrée en France. Elle n'avait pas passé les derniers temps à Ravensbrück, mais avait été transférée à Mauthausen. Après la libération du camp, un convoi avait conduit les rescapées et les malades jusqu'en Suisse puis, de là, à Paris. Sauf pendant les tout derniers jours, elle avait eu la chance de subir une déportation moins inhumaine que la nôtre. Les conditions de vie à Ravensbrück, certes épouvantables, étaient moins dures que celles qu'avaient connues les Juifs, car il s'agissait d'un camp de concentration et non d'extermination. Ainsi, à Ravensbrück, Denise avait pu tenir un journal alors que Milou et moi n'avions vu ni crayon, ni papier, ni livres depuis plus d'un an. À tel point que lorsque nous avons été libérées, je me suis demandé si je saurais encore lire et si je serais capable de reprendre des études.

Les Alliés auraient-ils dû bombarder les camps ? Dès la fin des hostilités, on a épilogué sur cette problématique qui, curieusement, demeure un marronnier[1].

---

1. Nom donné dans le journalisme à un thème qui réapparaît périodiquement dans la presse, souvent comme bouche-trou. Le

Soit dit en passant, j'ai eu, parfois, le sentiment que certains maîtres à penser s'intéressaient plus à montrer du doigt l'abstention « coupable » de Roosevelt et de Churchill qu'à dénoncer les horreurs concentrationnaires des nazis.

La critique des choix stratégiques des Alliés suppose plus de modestie que d'appréciations péremptoires. Malgré les nombreux arguments avancés en faveur des bombardements qui auraient dû détruire les chambres à gaz, je demeure à cet égard très réservée. Lorsque les Alliés ont tenté l'opération, à Auschwitz, ils n'ont pas atteint grand-chose. Ma sœur Denise, huit jours avant la fin des combats, a vécu à Mauthausen les conséquences d'une attaque aérienne surprise. Ce jour-là, en compagnie de sept autres camarades, elle déblayait la voie du chemin de fer dévastée par un bombardement précédent. N'ayant pas eu le temps de se mettre à l'abri lorsque les sirènes avaient retenti, cinq d'entre elles périrent sous les bombes. Ces bombardements ont donc cumulé le double constat d'être à la fois inefficaces et meurtriers. Inefficaces parce qu'ils n'ont jamais réellement inquiété les responsables des camps, meurtriers parce qu'ils tuèrent finalement plus de déportés que de nazis. En fin de compte, les polémiques sur le sujet ne servent à mes yeux qu'à nourrir les faux débats dont tant de personnes se montrent friandes quand les événe-

_____

point de vue de Simone Veil, qui n'obéit pas à une recherche du sensationnel et émane d'une ancienne déportée, a donc un poids tout particulier et mérite réflexion.

ments sont passés et que la discussion est sans frais et sans risques.

Pour ce qui me concerne, je pense que les Alliés ont eu raison de faire de l'achèvement des hostilités une priorité absolue. Si l'on avait commencé à divulguer l'information à propos des camps, l'opinion publique aurait exercé une telle pression pour les faire libérer que l'avance des armées sur les autres fronts, déjà difficile, eût risqué d'en être retardée. Les services secrets étaient informés des recherches allemandes en matière d'armes nouvelles[1]. Aucun état-major ne pouvait prendre le risque de différer la chute du Reich. Les autorités alliées ont donc opté pour le silence et l'efficacité. Il n'en demeure pas moins exact qu'aux États-Unis, les mieux informés[2] savaient ce qu'il en était des camps, et non moins exact que la communauté juive américaine, très protectionniste, ne s'est guère manifestée, sans doute dans la crainte d'un afflux brutal de réfugiés[3].

Je ne partage pas davantage les jugements négatifs sur le silence coupable des Alliés que le masochisme d'intellectuels, telle Hannah Arendt[4], sur la respon-

---

1. Il s'agit essentiellement des missiles V1 et V2 (cf. notes 1 et 2, p. 93).

2. On sait aujourd'hui que le président Roosevelt avait été informé dès l'été 1942 des intentions du régime national-socialiste à l'égard des Juifs d'Europe. Par la suite, plusieurs rapports l'informèrent de leur extermination dans les camps.

3. Une autre raison explique la relative passivité de la communauté juive américaine : sa crainte de relancer l'antisémitisme, encore très vigoureux à cette époque, aux États-Unis.

4. Hannah Arendt (1906-1975). Philosophe allemande d'origine juive, réfugiée aux États-Unis pendant la guerre. Elle est

sabilité collective et la banalité du mal. Un tel pessimisme me déplaît. J'ai même tendance à y voir un tour
de passe-passe commode : dire que tout le monde est
coupable[1] revient à dire que personne ne l'est. C'est
la solution désespérée d'une Allemande qui cherche à
tout prix à sauver son pays, à noyer la responsabilité
nazie dans une responsabilité plus diffuse, si impersonn-
nelle qu'elle finit par ne plus rien signifier. La mauvaise
conscience générale permet à chacun de se gratifier
d'une bonne conscience individuelle : ce n'est pas moi
qui suis responsable, puisque tout le monde l'est. Faut-
il donc transformer en icône quelqu'un qui proclame
à longueur d'écrits qu'immergés dans les drames de
l'histoire, tous les hommes sont également coupables
et responsables, que n'importe qui est capable de faire
n'importe quoi, qu'il n'y a pas d'exception à la possibilité de la barbarie humaine ? J'en doute, notamment
en repensant aux commentaires qui ont été les siens à
l'époque du procès Eichmann[2].

_____

célèbre notamment pour sa réflexion sur le totalitarisme (*Les Origines du totalitarisme*) et l'antisémitisme (*Eichmann et la banalité
du mal*).

1. La thèse de la culpabilité collective, et donc de la responsabilité collective, de l'Allemagne a souvent été invoquée après
la guerre. On peut penser que Simone Veil se sent plus proche
de Theodor Heuss, premier président de la République fédérale
d'Allemagne (1949-1959) qui, visitant Bergen-Belsen, déclara :
« La culpabilité collective ? Non. La honte collective de ce qui a
été fait au nom de l'Allemagne ? Oui. »

2. Adolf Eichmann (1906-1962). Colonel SS chargé du trans-
port des Juifs vers les camps de concentration, il fut aussi l'orga-
nisateur de la déportation des Juifs hongrois à Auschwitz (cf.
note 1, p. 80). Brièvement arrêté après la guerre par les troupes

Ce qui ruine le pessimisme fondamental des adeptes de la banalisation, c'est à la fois le spectacle de leur propre lâcheté, mais aussi, en contrepoint, l'ampleur des risques pris par les Justes[1], ces hommes qui n'attendaient rien, qui ne savaient pas ce qui allait se passer, mais qui n'en ont pas moins couru tous les dangers pour sauver des Juifs que, le plus souvent, ils ne connaissaient pas. Leurs actes prouvent que la banalité du mal n'existe pas. Leur mérite est immense, tout autant que notre dette à leur égard. En sauvant tel ou tel individu, ils ont témoigné de la grandeur de l'humanité.

Quand je lis, ici ou là, que dans les camps, les gens se sont tous très mal comportés, je bondis. Dieu sait dans quelles conditions nous vivions – en vérité je pense, par bonté d'âme, qu'Il l'ignorait – et à quel point notre quotidien était effroyable ! Ce n'est pas mal se comporter que de vouloir sauver sa vie, de ne pas se laisser emporter par le corps voisin qui chute et ne pourra se relever. À l'opposé, les discours des communistes sur la solidarité sans faille qui unit les

---

américaines, il parvint à se réfugier en Argentine sous une fausse identité. Enlevé en 1960 par des agents du Mossad (services secrets israéliens), il fut emmené en Israël pour y être jugé (avril-décembre 1961), avant d'être pendu. Son procès fut extrêmement médiatisé. Hannah Arendt le couvrit pour la revue américaine *The New Yorker*, puis publia *Eichmann à Jérusalem* dans lequel elle développait son idée de la « banalité du mal ».

1. Titre donné au nom de l'État d'Israël par le Mémorial Yad Vashem à ceux qui mirent leur vie en danger pour sauver des Juifs à l'époque de la Shoah (cf. note 3, p. 62). Ils sont plus de 20 000 à avoir été identifiés.

hommes dans la souffrance me paraissent tout aussi excessifs. Cette solidarité a certes existé, mais essentiellement entre communistes, et encore avec des nuances. Une des passagères du fameux convoi des communistes[1] déportées à Auschwitz a laissé à ce sujet un témoignage intéressant. Dans son livre, elle mentionne combien, aux yeux des communistes, il importait d'abord de sauver les cadres, et à quel point elle-même en était choquée. Marcelline Loridan et moi, errant un jour à Birkenau, nous sommes fait proprement traiter de « sales Juives » en cherchant à nouer conversation avec quelques communistes françaises !

Dès le retour des camps, nous avons ainsi entendu des propos plus déplaisants encore qu'incongrus, des jugements à l'emporte-pièce, des analyses géopolitiques aussi péremptoires que creuses. Mais il n'y a pas que de tels propos que nous aurions voulu ne jamais entendre. Nous nous serions dispensés de certains regards fuyants qui nous rendaient transparents. Et puis, combien de fois ai-je entendu des gens s'étonner : « Comment, ils sont revenus ? Ça prouve bien que ce n'était pas si terrible que ça. » Quelques années plus tard, en 1950 ou 1951, lors d'une réception dans une ambassade, un fonctionnaire français de haut niveau, je dois le dire, pointant du doigt mon avant-bras et mon numéro de déportée, m'a demandé avec

---

1. Il s'agit du convoi du 24 janvier 1943, comportant 230 femmes, pour l'essentiel prisonnières politiques, dont 119 communistes ou proches du PCF, parmi lesquelles Marie-Claude Vaillant-Couturier ou Danièle Casanova. Quarante-neuf seulement ont survécu.

le sourire si c'était mon numéro de vestiaire ! Après cela, pendant des années, j'ai privilégié les manches longues.

Plus généralement, dans ces années d'après-guerre, les gens disaient des choses épouvantables. Nous avons oublié tout l'antisémitisme rampant dont certains faisaient étalage. Aussi, dès 1945, suis-je devenue, non pas cynique, car ce n'est pas ma nature, mais dénuée de toute illusion. En dépit de tous les films, témoignages, récits qui lui ont été consacrés, la Shoah[1] demeure un phénomène absolument spécifique et totalement inaccessible.

En 1959, j'étais magistrat au ministère de la Justice, en poste à l'administration pénitentiaire. Mon directeur reçoit un jour un magistrat retraité qui vient lui demander de présider un comité en faveur des libérés conditionnels. Il accepte mais, n'ayant pas le temps de se déplacer, l'informe ultérieurement que le magistrat qui s'occupe de ces questions dans son service le représentera. C'était moi. Réponse de l'ancien président du tribunal de Poitiers : « Comment ? Une femme et une Juive ? Mais je ne la recevrai pas ! » Autre exemple. Quelques années plus tard, alors que je suis en poste à la Direction des affaires civiles, j'ai connaissance d'une décision effarante. Un divorce est prononcé entre une femme juive, d'origine polonaise, et un

---

1. Ce terme, qui en hébreu signifie « catastrophe », est utilisé pour désigner le génocide des populations juives par le régime national-socialiste. Il s'est substitué en France, notamment après la diffusion du film de Claude Lanzmann (*Shoah*, 1985), au mot « Holocauste » qui reste employé dans le monde anglo-saxon.

Français. L'homme se voit accorder la garde de leur enfant, une fille âgée de quinze ou seize ans, en application d'un jugement qui précise : « Attendu que la femme est juive d'origine polonaise et que le père est catholique, etc. » Le jugement, avec cet attendu[1], portait la signature d'un magistrat connu dans le milieu judiciaire. Jean Foyer[2], alors garde des Sceaux, a été horrifié quand il a eu connaissance de ce chef-d'œuvre et a pris des sanctions.

Voilà quelques exemples de ce que les déportés ont pu subir, dans les années qui ont suivi leur retour. Pendant longtemps, ils ont dérangé. Beaucoup de nos compatriotes voulaient à tout prix oublier ce à quoi nous ne pouvions nous arracher ; ce qui, en nous, est gravé à vie. Nous souhaitions parler, et on ne voulait pas nous écouter. C'est ce que j'ai senti dès notre retour, à Milou et à moi : personne ne s'intéressait à ce que nous avions vécu. En revanche, Denise, rentrée un peu avant nous avec l'auréole de la Résistance, était invitée à faire des conférences.

Pourtant, de nombreux livres essentiels ont paru dès les premières années de l'après-guerre. Ils auraient dû permettre à chacun de comprendre les faits et d'analyser leur signification. Faut-il le préciser, j'en ai moi-même lu beaucoup, que je ne pourrai pas tous citer. Parmi eux, bien entendu, le

---

1. Un « attendu » est le motif d'un jugement.
2. Homme politique français (1921-2008). Ancien résistant, professeur de droit, il fut plusieurs fois ministre, y compris de la Justice, dans différents gouvernements durant les mandats du général de Gaulle.

remarquable *Si c'est un homme*, de Primo Levi[1]. Je l'ai lu très vite dès sa sortie en 1947, et me suis dit aussitôt : « Comment est-ce qu'il a pu si vite écrire un livre comme ça ? » Pour moi, l'exploit relève du mystère. Cet homme avait immédiatement accédé à une totale lucidité, d'ailleurs tragique puisqu'elle l'a finalement conduit au suicide. Il y eut aussi le grand livre de Robert Antelme, *L'Espèce humaine*[2], publié la même année, tout comme *Ravensbrück*, de Germaine Tillion[3], magnifiquement écrit, et les deux contributions majeures de David Rousset[4], *L'Univers concentrationnaire*, et *Les Jours de notre mort*, aussi

---

1. Primo Levi (1919-1987). Chimiste puis écrivain italien, extrêmement marqué par sa déportation à Auschwitz, il publia en 1947 *Si c'est un homme* (*Se questo è un uomo*), récit de sa vie dans l'univers concentrationnaire, qui parut d'abord dans l'indifférence générale. Ce n'est qu'à sa republication, en 1958, que son ouvrage fut enfin remarqué et traduit dans de nombreuses langues.
2. Robert Antelme (1917-1990). Écrivain français déporté à Buchenwald pour des faits de résistance, il publia un témoignage sur les camps, *L'Espèce humaine*, en 1947. Là encore, cet ouvrage trouva peu d'écho à sa publication.
3. Germaine Tillion (1907-2008). Déportée à Ravensbrück avec sa mère (qui y mourut) pour leur action dans la Résistance. Cette ethnologue fut aussi très engagée du côté du FLN au moment de la guerre d'Algérie. Elle publia son témoignage, *Ravensbrück*, en 1988.
4. David Rousset (1912-1997). Écrivain, très engagé à gauche et dans les combats anticolonialistes avant de rejoindre les gaullistes de gauche, il fut déporté à Buchenwald pour faits de résistance en 1944. *L'Univers concentrationnaire* fut publié dès 1946, il reprenait plusieurs articles parus en 1945. Ce fut le premier témoignage sur les camps. *Les Jours de notre mort* (1946) empruntait la forme romanesque, de même que *Le pitre ne rit pas* (1948).

admirables l'un que l'autre. Plus tard, vers 1948, David Rousset publia un autre livre qui m'a fortement impressionnée, *Le pitre ne rit pas*. Chacun de ces auteurs a vécu les choses à sa manière, a connu un sort particulier. Leurs témoignages sont essentiels, et leurs livres ont connu des succès considérables. Cependant, nous sentions autour de nous une forme d'ostracisme diffus qui ne disait pas son nom, mais nous était infiniment pénible à vivre.

Je songe aussi à ces nombreux récits sur les ghettos de Pologne[1]. On y mesure le poids de l'anxiété qui, des mois durant, avait pesé sur leurs habitants, leurs conditions de vie épouvantables, le pessimisme qui ne pouvait pas ne pas les habiter, mais qui voisinait aussi avec un sens profond de la fraternité et de l'entraide. Le drame de l'*Exodus*[2], à travers le livre puis le film qui en ont été tirés, a constitué pour beaucoup une découverte parce qu'une œuvre destinée à un vaste public parlait en détail de la déportation, des camps et de la gêne des grandes démocraties occidentales face au phénomène juif. Je l'ai lu comme un roman populaire, mais avec beaucoup d'intérêt. Il n'y avait

---

1. Outre le ghetto de Varsovie (cf. note 1, p. 83), les Allemands instaurèrent nombre d'autres ghettos en Pologne. Parmi les plus connus, ceux de Lublin, Cracovie et Lodz.

2. Nom d'un bateau transportant en 1947 des Juifs, émigrés clandestinement d'Europe, vers la Palestine, alors sous mandat anglais. Les autorités britanniques arraisonnèrent le navire et le renvoyèrent en Allemagne dans des conditions qui soulevèrent la réprobation internationale. Cet épisode inspira au romancier américain Leon Uris le roman *Exodus*, publié en 1958, que Otto Preminger porta à l'écran en 1960.

rien qui puisse choquer, l'émotion était forte. Je me souvenais en le lisant de nos interrogations d'alors : qu'allaient devenir ces hommes qu'on ne laissait pas débarquer, sur lesquels les Anglais auraient très bien pu aller jusqu'à tirer ? À cette époque, j'ignorais à peu près tout d'Israël. Mais mes camarades d'études en parlaient. En particulier, beaucoup de Polonaises et de Slovaques avaient l'espoir d'aller y vivre. C'était fort émouvant.

La bonne mesure est impossible à trouver ; soit on parle trop de sa déportation, soit on en parle trop peu. Nombreux sont ceux qui en ont été tellement meurtris qu'ils n'en parlent jamais. Mon fils m'a rapporté qu'un jour, alors qu'il évoquait avec un ami le sort de leurs mères déportées, il a eu la surprise de voir l'ami éclater en sanglots en lui avouant : « Ma mère ne m'en a jamais parlé. » Ce silence est pour moi un mystère. Il est vrai que mes beaux-parents eux-mêmes n'ont jamais supporté qu'on parle de la déportation. Mon mari et l'un de mes fils ont toujours partagé cette difficulté. Les livres dont je parle, par exemple, mon mari ne s'intéresse pas à leur contenu. Il a même du mal à supporter que je les lise. Durant les premières années de notre mariage, lorsque avec l'une ou l'autre de mes sœurs nous évoquions un souvenir commun, il lui arrivait de nous interrompre pour parler d'autre chose. C'était sa façon à lui de se protéger. Pour autant, elle ne m'était pas toujours facile à supporter.

Parler de la Shoah, et comment ; ou bien ne pas en parler, et pourquoi ? Éternelle question. Le romancier israélien Aharon Appelfeld[1] a écrit plusieurs livres superbes, notamment *Histoire d'une vie*, où il raconte son évasion du camp, alors qu'il a dix ans, et ses trois ans de cache dans la forêt ukrainienne. Il vient de publier trois discours prononcés en Israël[2]. C'est un livre bouleversant dans lequel il analyse la Shoah en expliquant que ceux qui en ont été les victimes ne s'en sortent jamais. À sa lecture, je me suis rendu compte qu'au fond, nous aurons toujours vécu avec cela. Certains répugnent à l'évoquer. D'autres ont besoin d'en parler. Mais tous vivent avec.

Appelfeld énonce les raisons pour lesquelles on ne peut plus s'en détacher. Elles sont terribles, et marquent la différence de nature avec la situation des résistants. Eux sont dans la position des héros, leur combat les couvre d'une gloire qu'accroît encore l'emprisonnement dont ils l'ont payée ; ils avaient choisi leur destin. Mais nous, nous n'avions rien choisi. Nous n'étions que des victimes honteuses, des animaux tatoués. Il nous faut donc vivre avec ça, et que les autres l'acceptent.

Tout ce qu'on peut dire, écrire, filmer sur l'Holocauste n'exorcise rien. La Shoah est omniprésente. Rien ne s'efface ; les convois, le travail, l'enfermement, les baraques, la maladie, le froid, le manque de som-

---

1. Écrivain israélien né en Roumanie en 1932. *Histoire d'une vie*, paru en 1999 en Israël, a été couronné par le Médicis étranger en 2004.
2. Aharon Appelfeld, *L'Héritage nu*, publié en français en 2006.

meil, la faim, les humiliations, l'avilissement, les coups, les cris… non, rien ne peut ni ne doit être oublié. Mais au-delà de ces horreurs, seuls importent les morts. La chambre à gaz pour les enfants, les femmes, les vieillards, pour ceux qui attrapent la gale, qui clopinent, qui ont mauvaise mine; et pour les autres, la mort lente. Deux mille cinq cents survivants sur soixante-dix-huit mille Juifs français déportés. Il n'y a que la Shoah. L'atmosphère de crématoire, de fumée et de puanteur de Birkenau, je ne l'oublierai jamais. Là-bas, dans les plaines allemandes et polonaises, s'étendent désormais des espaces dénudés sur lesquels règne le silence; c'est le poids effrayant du vide que l'oubli n'a pas le droit de combler, et que la mémoire des vivants habitera toujours.

IV

Revivre

La guerre était finie. Mes sœurs et moi étions vivantes, mais comme tant d'autres, la famille Jacob avait payé un lourd tribut à la fureur nazie. Très vite, nous avons compris que nous ne reverrions ni Papa ni Jean. Maman n'avait pas survécu à la maladie. Milou, squelettique, rongée de furoncles, était terriblement affaiblie par le typhus. Seules Denise et moi rentrions en France à peu près indemnes. Notre foyer était détruit. Nous, nous étions jeunes. Nous avions notre vie à construire.

Tout de suite nos oncle et tante Weismann nous ont accueillies chez eux. Eux-mêmes étaient rentrés de Suisse, à la Libération, dans une maison pillée par les Allemands[1]. Là-dessus, leur fils André, vingt

---

1. La commission Mattéoli sur la spoliation des Juifs de France de 1940 à 1944 est parvenue à la conclusion que 38 000 appartements occupés par des familles juives furent vidés de leurs biens par les autorités allemandes et celles de Vichy.

ans, élève à l'École polytechnique, qui avait souhaité s'engager pendant les vacances de Pâques, venait d'être tué au front à Karlsruhe. Tout cela créait un climat de profonde tristesse. On se réconfortait comme on pouvait, notamment en se consacrant à sauver Milou. Mon oncle et ma tante hésitaient à l'hospitaliser. Lui, médecin des hôpitaux, en charge d'un service de médecine générale, était parfaitement qualifié pour savoir quel type de traitement convenait à sa nièce. Pour permettre un bon suivi des soins et de l'alimentation, mais aussi pour éviter une démoralisante mise à l'isolement, il a jugé préférable de la garder à la maison. Il lui a prodigué les meilleurs soins possibles, et ma sœur a lentement remonté la pente, dans le temps même où de nombreux déportés ne survivaient pas au typhus. Pendant toute l'année qui a suivi, encore marquée par les restrictions, un de nos amis a d'ailleurs aidé à approvisionner Milou en produits frais, lait, beurre, légumes, à partir d'une ferme de la Brie.

Toujours aussi indépendante, Denise, de son côté, a rapidement pris le large. Elle avait retrouvé des camarades de son réseau et renoué des contacts à Annecy et Lyon. Quant à moi, je veillais sur Milou et sortais peu. D'abord, parce que je n'avais pas la tête à cela, et aussi parce que je constatais, dans les rares conversations auxquelles je participais, que les gens préféraient ne pas trop savoir ce que nous avions vécu. C'est tout juste si certains ne s'étonnaient pas que nous soyons revenus, sous-entendant même que nous avions dû commettre bien des turpitudes pour nous en être sortis. Ce sentiment d'incompréhension teintée de reproche était pénible à vivre. Ensuite, parce que chez les Weismann, l'ambiance n'était pas gaie. Ma tante ne surmontait pas le chagrin d'avoir perdu une sœur qu'elle adorait et un fils en qui elle avait placé ses espérances. Elle avait donc tendance à reporter son affection sur moi. Ma grand-mère, qui avait vécu chez nous à Nice et réussi à éviter l'arrestation, nous avait rejoints à Paris. Elle tentait de se consoler de tous ces malheurs en câlinant son arrière-petite-fille, à laquelle ma cousine venait de donner le jour.

Pour moi, ces semaines écoulées après notre retour me laissent un souvenir flou. Ma vie peinait à retrouver un rythme normal, même dans ses aspects matériels. Par exemple, j'avais tellement perdu l'habitude de coucher dans un lit que pendant un mois je n'ai pu dormir que par terre. Surtout, les relations avec les autres me posaient problème. Je suis retournée à Nice dès le mois de juin, pour y revoir des amis, mais j'ai tout de suite senti que ma vie n'était plus là-bas. Je suis rapidement rentrée. À Paris, les rares fois où j'étais invitée quelque part, je me sentais de trop. Je me souviens de m'être cachée derrière des rideaux, dans des embrasures de fenêtres, pour ne parler à personne. Tout ce que disaient les gens me paraissait tellement irréel… Cette sensation est restée présente durant des années. Les premiers temps de mon mariage, je l'éprouvais encore.

J'ai retrouvé des camarades et, parmi elles, deux amies communistes de Bobrek. Elles habitaient désormais à Drancy, et leur histoire retenait l'attention.

Le mari de l'une avait été fusillé pendant l'Occupation, tandis qu'elle-même avait été arrêtée avec une autre communiste. À Bergen-Belsen, elle avait fait la connaissance d'un artisan bijoutier d'origine polonaise, lui-même communiste convaincu, avec un côté titi parisien. C'était un homme drôle et généreux, malgré la disparition à Auschwitz de sa femme et de ses quatre enfants. Après la guerre, il accueillit à Drancy les deux amies. La veuve élevait une fille, l'autre avait retrouvé son mari, qui travaillait dans la confection, et ses trois enfants. Tout ce monde s'est alors regroupé dans les deux étages de la maison ouvrière du bijoutier. Ils vécurent là en phalanstère[1] pendant des années, unis par une même foi communiste autant que par le souvenir de ce qu'ils avaient traversé. C'étaient des gens de qualité, et j'allais souvent leur rendre visite. J'avais besoin de parler du camp, et il n'y avait guère qu'avec eux que c'était possible. Puis les enfants ont grandi et la communauté s'est dissoute, mais l'une de mes deux amies communistes a continué à vivre à Drancy jusqu'à sa mort, il y a quelques années. Elle était nettement plus âgée que moi, mais notre amitié ne s'est jamais refroidie.

---

1. Mot composé par la réunion du mot « phalange », au sens de « groupement », et de la terminaison « stère » de « monastère », inventé par le philosophe Charles Fourier (1772-1837) pour désigner la communauté, à la base de sa vision de la société, et le lieu où elle vit. Le terme est utilisé pour désigner un groupe vivant en communauté.

L'été est arrivé. Ma sœur Denise, liée à Geneviève de Gaulle[1] depuis Ravensbrück, m'a suggéré de passer le mois d'août à Nyon, en Suisse. Je pourrais ainsi me refaire une santé dans une des villas situées au bord du lac et mises à la disposition des anciens déportés. Les conférences de Geneviève de Gaulle permettaient de couvrir les frais courants. L'invitation était généreuse, et je l'ai acceptée sans hésiter. Malheur à moi ! Les Suisses comprenaient encore moins que les Français ce qui nous était arrivé. L'atmosphère m'était pesante. En outre, comme j'étais la plus jeune, dix-huit ans depuis quelques jours, je me trouvais entourée de grandes résistantes qui, paradoxalement, me paraissaient supporter mieux que moi l'ambiance de pensionnat qui nous environnait. Des gens nous posaient des questions insensées : « Est-ce que c'est vrai que les SS faisaient mettre les femmes enceintes par des chiens ? » Bien des détails de la vie quotidienne me laissaient pantoise. Par exemple, la maison était tenue par des protestants, qui nous obligeaient à dire les grâces avant les repas. Des dames patronnesses nous prévenaient doctement qu'après tout ce que nous avions vécu, nous allions avoir une existence difficile, et que pour gagner notre vie il nous fallait travailler, apprendre par exemple la dactylographie ou l'anglais, faire ceci, faire cela. Ces conseils, adressés à des femmes de tous âges, souvent

---

1. Geneviève de Gaulle (1920-2002), nièce du général de Gaulle, résistante, déportée à Ravensbrück, elle consacra après la guerre une grande partie de son énergie à lutter contre la pauvreté dans le cadre de l'association Aide à toute détresse Quart-monde.

installées dans la vie, et qui sortaient de l'enfer, étaient particulièrement malvenus et, pour ainsi dire, ridicules. Un soir, avec quelques camarades, nous sommes allées danser. La maison fermait à vingt-deux heures, et parce que nous sommes rentrées avec un quart d'heure de retard, nous avons été tancées comme des enfants de douze ans. Inutile de dire combien je détestais ce moralisme rigide et infantilisant.

Un autre jour, je m'approchai d'un vestiaire où pendaient des vêtements à la disposition des pensionnaires, car nous n'avions plus d'affaires convenables à nous mettre. Une femme vint près de moi, regarda la robe que je m'apprêtais à prendre, et ne trouva rien de plus délicat que de me lancer : « Ah, mais je reconnais la robe de ma fille ! » C'était une étrange conception de la charité. J'ai reposé la robe sans un mot, en pensant à ce passage de Romain Rolland[1] où les enfants de la famille bourgeoise se moquent du petit garçon de la bonne parce qu'il porte la vieille culotte du fils. Tout était ainsi, extravagant, choquant, humiliant. On nous faisait sentir à quel point nos bienfaiteurs étaient généreux de nous abriter sous leurs larges ailes et quelle infinie reconnaissance nous leur devions.

Un autre jour, nous avons eu la « permission » – c'était le terme employé – d'aller à Lausanne[2], mais pas seules, bien entendu ; des familles de Lausanne sont venues nous chercher, et nous avons effectué une

---

1. Écrivain français (1866-1944), il obtint le prix Nobel de littérature en 1915. Il est également célèbre pour son engagement pacifiste, notamment pendant la Première Guerre mondiale.
2. Il y a une vingtaine de kilomètres entre Nyon et Lausanne.

laborieuse visite guidée des commerçants, dont beaucoup nous assommaient de questions indiscrètes sur
ce que nous avions vécu. À un moment, avisant dans
une vitrine un sac rouge à la mode, l'une de nous,
Odette Moreau, grande avocate et résistante déportée,
a exprimé le désir de l'acheter. Elle s'est alors entendu
répondre sèchement par une de nos duègnes : « Quel
besoin avez-vous d'un deuxième sac ? »

Heureusement, des cousins qui habitaient Genève
m'ont invitée. La gentillesse de cette famille Spierer
tranchait avec le reste. En compagnie de leurs quatre
filles, nous avons dévalisé les magasins de Genève, un
bonheur dont j'avais oublié jusqu'à l'existence. Grâce à
leur générosité, j'ai ainsi pu acheter des vêtements pour
mes sœurs et moi, à une époque où l'on ne trouvait rien
en France. Malheureusement, la suite de cet épisode est
moins plaisante. Lorsque j'ai franchi la frontière quelques jours plus tard, j'ai eu tous les ennuis de la création. À cause d'une petite montre de bonne marque
et d'une paire de chaussures neuves que je portais, j'ai
dû payer cinq cents francs de taxes d'importation. J'ai
eu beau expliquer que je n'avais plus rien, montrer
ma carte de déportée, tenter d'attendrir les douaniers
sur le sort de mes sœurs et le mien, ces fonctionnaires
zélés se sont montrés inflexibles ; le règlement était le
règlement. Du début jusqu'à la fin, ce séjour en Suisse
demeure donc un bien désagréable souvenir.

À mon retour des camps, j'avais appris que j'avais été
reçue aux épreuves du baccalauréat passées la veille de
mon arrestation, en mars 1944. Même si tout cela me
paraissait bien surréaliste, j'avais accueilli la nouvelle

avec joie. Elle apportait un début de réponse à la question que Milou et moi avions en tête : qu'allions-nous faire, entreprendre des études ou essayer tout de suite de gagner notre vie ? Le problème était déjà réglé pour Denise. Comme elle ne voulait pas dépendre de nos oncle et tante à vingt-deux ans, elle avait pris son indépendance en travaillant à Londres, où elle vivait chez des amis. Pour nous, la question se posait, car notre mère nous avait convaincues de la nécessité d'avoir un vrai métier. Nous l'avions vue si blessée de ne pouvoir terminer ses études et de dépendre financièrement de son mari, que nous ne voulions pas connaître le même sort. Ses injonctions résonnaient encore à nos oreilles : « Il faut étudier pour pouvoir exercer une vraie profession. » D'ailleurs, les Weismann nous poussaient également aux études tout en nous assurant le clos et le couvert ; on ne pouvait se montrer plus généreux. Nous avons donc réussi à obtenir des bourses, et nous nous sommes lancées.

Depuis toujours, j'avais un objectif en tête : étudier le droit pour devenir avocat. En rentrant de Suisse, je me suis donc inscrite, sans aucun problème, à la faculté de droit. Et comme j'entendais autour de moi parler du tout nouvel Institut d'études politiques[1],

---

1. À la suite de la défaite de la France en 1870, et des événements qui suivirent, fut créée l'École libre des sciences politiques, plus fréquemment désignée sous le nom de « Sciences-Po », dans le but de former les élites françaises. Après 1945, cette école fut rattachée à l'université de Paris sous le nom d'Institut d'études politiques (IEP). La Fondation des sciences politiques fut créée en même temps pour gérer cet institut.

héritier de la vieille Fondation des sciences politiques, je suis allée voir comment les choses se présentaient rue Saint-Guillaume ; j'avais à la fois une boulimie d'études et besoin de m'occuper. On m'a annoncé que le concours d'entrée, qui du reste n'était imposé qu'aux filles, avait déjà eu lieu, mais compte tenu de ma situation, j'ai été admise dans une conférence regroupant les étudiants qui avaient connu des problèmes pendant la guerre. Ainsi un de mes condisciples avait-il vu ses parents déportés, un autre avait été prisonnier de guerre, certains s'étaient engagés dans la Résistance, en Angleterre ou en France. Tous avaient donc eu des histoires particulières et fortes, ce qui n'empêchait pas certains de me regarder comme un ovni : non seulement j'avais connu la déportation, mais en plus… j'étais une fille !

Très vite j'ai embrayé à Sciences-Po, mais peu fréquenté la faculté de droit, pour laquelle je me contentais de travailler sur les polycopiés, comme d'ailleurs presque tout le monde à l'époque. Ce que je trouvais passionnant à l'institut, c'étaient les conférences animées par des personnalités venues d'horizons divers et riches d'expériences variées. Plusieurs d'entre eux réintégraient à peine les postes administratifs qu'ils avaient perdus pendant la guerre, pour toutes sortes de raisons. Parmi eux se trouvait un homme remarquable, Michel de Boissieu, dont j'ai tout de suite éprouvé un vif intérêt à suivre les conférences. Il ne manquait pas de panache. Après avoir passé le concours de l'École normale supérieure juste avant la guerre, il avait accédé à la Cour des comptes. Après l'armistice, replié à

Montpellier, il avait épousé, sans en faire mystère, une Mlle Cahen, le jour même de la promulgation du statut des Juifs, allant jusqu'à l'annoncer *urbi et orbi* dans un faire-part, paru dans la presse. Là-dessus, il était entré dans la Résistance aux côtés de Pierre-Henri Teitgen[1], séduit par l'attitude de ce jeune homme. Cette expérience de la vie donnait une grande richesse à son enseignement, apprécié par des étudiants dont la plupart, comme moi, n'arrivaient pas directement du lycée. Les travaux de conférence autour de lui m'ont passionnée et ont contribué à faire de cette période de ma vie un moment heureux et fort. Michel de Boissieu compte d'ailleurs encore beaucoup pour moi et pour mon mari, dont il a facilité le démarrage professionnel. Le hasard a voulu que sa femme et lui, d'esprit toujours alerte, habitent le même immeuble que nous. Ils sont nos plus anciens et plus fidèles amis.

Hors la rue Saint-Guillaume, je me tenais à l'écart des étudiants de Sciences-Po, qui sortaient beaucoup et fréquentaient assidûment les cafés et les « caves » de Saint-Germain-des-Prés. Je m'en tenais à fréquenter un petit groupe où figuraient Claude Pierre-Brossolette, encore très affecté par le destin tragique de son père[2], et quelques autres camarades, notamment Michel Goldet, Jean François-Poncet, Marc Alexandre. En

_____

1. Pierre-Henri Teitgen (1908-1997). Résistant et homme politique français, il fut plusieurs fois ministre sous la IVe République.

2. Pierre Brossolette, journaliste et résistant français, arrêté en février 1944, fut torturé par la Gestapo avant de se suicider, le 22 mars, pour ne pas parler.

dehors d'eux, je n'avais guère envie de me mêler à des gens qui n'osaient pas me parler, tout en se posant visiblement des questions sur ce que j'avais vécu. Tout le monde savait que j'avais été déportée, ne serait-ce que parce que j'étais arrivée un peu après le début des cours. Je redoutais aussi les remarques du genre de celles que j'avais subies en Suisse.

Et puis, je ne raffolais pas des discussions politiques. Elles étaient d'ailleurs moins présentes qu'on aurait pu l'imaginer dans cet établissement. D'une manière générale, si certaines conférences suscitaient débat chez mes camarades, ceux-ci n'affichaient guère leurs opinions. Trop de plaies étaient encore mal cicatrisées. Parmi nos professeurs, c'était la même prudente réserve. Les anciens pétainistes ou les tenants de la droite classique faisaient le dos rond. Ainsi tout le monde savait que Pierre Renouvin[1], notre professeur d'histoire, intellectuel brillant, pédagogue rigoureux – dont la famille avait payé un lourd tribut à la Résistance –, n'était pas un homme de gauche, c'est le moins que l'on puisse dire, mais chacun respectait sa rigueur d'historien. Le clivage entre les deux France, celle de la collaboration[2] et celle de la Résistance,

---

1. Historien (1893-1974), spécialiste de l'histoire des relations internationales, discipline qu'il marqua profondément, frère de Jacques Renouvin, militant de l'Action française et résistant, déporté et mort à Mauthausen en 1944.
2. Nom donné à la politique d'aide aux Allemands menée par le gouvernement de Vichy. Elle se doubla souvent d'une collaboration individuelle avec l'occupant, soit pour des raisons idéologiques, soit, plus fréquemment, pour des raisons matérielles. La Résistance dénonçait et s'opposait à cette pratique, ce qui, à la

demeurait trop lancinant pour que les gens ne veillent pas à éviter des polémiques inutiles. L'un des rares souvenirs que j'aie conservés des débats de l'époque portait sur la laïcité. Quelles qu'aient pu être leurs conceptions religieuses, j'étais frappée de voir à quel point, dans cette période de reconstruction de la république, nos professeurs tenaient à nous en inculquer une haute idée, du reste plus rigoureuse qu'elle ne l'est aujourd'hui. Les bémols récemment apportés à la loi de 1905[1], par exemple, personne ne se serait permis de les envisager à l'époque. La France sortait du pétainisme, et les principes laïques de la IIIe République retrouvaient leur pleine signification.

En fin de compte, je conserve un bon souvenir de ce début d'études universitaires. Pour le reste, la vie suivait son cours. Le soir, je lisais beaucoup, par plaisir autant que pour le travail universitaire. Je fréquentais toujours aussi peu de monde, car mes camarades de déportation se retrouvaient éparpillés dans des parcours diversifiés. Les uns étaient très politisés, au Parti communiste ou ailleurs; d'autres étaient partis vivre en province. Certains, surtout les hommes, parvenaient à suivre des études tout en travaillant, car la

Libération, donna lieu à des règlements de comptes ou des procès, le plus célèbre étant celui du maréchal Pétain en 1945.

1. La loi du 9 décembre 1905 posa le principe de la séparation des Églises et de l'État et instaura la laïcité, notamment dans l'administration et l'éducation publique. Depuis quelques années, des voix s'élèvent en France pour réclamer des ajustements à ce texte afin de tenir compte des évolutions intervenues en cent ans, notamment de la place de l'islam dans la France du XXIe siècle.

plupart d'entre eux avaient perdu leur famille. Beaucoup avaient dû se lancer tout de suite dans la vie
active, avec énergie. Comme tous ceux qui survivent
à une catastrophe, ils voulaient prendre leur revanche
sur une société qui les avait maltraités.

Bien qu'à l'époque je n'aie guère fréquenté la
communauté juive, j'ai conservé le sentiment qu'elle
s'était peu impliquée, au moins directement, dans
l'aide morale et matérielle que les familles, souvent
étrangères, amputées par la Shoah pouvaient espérer. Il est vrai cependant que l'œuvre de secours aux
enfants juifs, l'OSE[1], qui avait été active et efficace sous
l'Occupation, a poursuivi avec dynamisme la prise en
charge des orphelins de déportés ainsi que des enfants
eux-mêmes rescapés de Buchenwald. Pour beaucoup
de jeunes gens qui avaient survécu aux camps, ce fut
en fin de compte une période de grandes difficultés
et de complète solitude. Quant aux adultes, ceux qui
se trouvèrent confrontés à des problèmes d'emploi
ou de domicile, sans pouvoir compter sur l'appui de
proches, ils eurent bien du mal à reprendre place dans
la société. Je ne pense pas que la communauté leur ait
alors tendu la main. Beaucoup se sont retrouvés isolés, ignorés et démunis.

À mon retour de déportation, j'ai entendu parler
d'une Amicale d'Auschwitz qui venait de voir le jour.

---

1. Œuvre de secours aux enfants, organisation humanitaire
juive, fondée en 1912 en Russie. Elle s'efforça pendant la guerre
de cacher les enfants juifs pour leur éviter la déportation et la
mort.

J'ai pensé que j'y retrouverais peut-être quelques amis et je m'y suis donc rendue. J'ai tout de suite compris que l'amicale était verrouillée par les communistes. Elle l'est d'ailleurs demeurée jusqu'à peu, une dizaine d'années environ, aussi longtemps que Marie-Claude Vaillant-Couturier[1] a vécu. Les responsables de cette amicale avaient pris la précaution d'embrigader quelques personnalités non communistes, bien que proches de leurs idées, afin d'offrir une image de fraternité œcuménique, qui n'existait que pour ceux qui voulaient bien y croire. À cette époque, je n'avais pas d'idées politiques bien arrêtées, mais je savais que je n'étais pas communiste. L'amicale m'a donc vue une fois, mais pas deux.

Au fond, ma première expérience politique a bien été le refus du communisme. Ce refus ne procédait pas, comme chez d'autres, d'une tradition familiale. Mis à part mon père, l'ensemble de mon environnement se situait plutôt à gauche. C'était le cas de Maman qui, contrairement à sa sœur, n'avait cependant jamais été proche des communistes. Moi-même, pendant la guerre, je n'avais pas plus d'opinion sur les communistes que sur les résistants. À mon retour du camp, et en dépit de l'amitié que j'avais pour les deux femmes que j'avais connues à Bobrek et retrouvées

---

1. Marie-Claude Vaillant-Couturier (1912-1996), résistante et militante communiste, épouse et veuve de Paul Vaillant-Couturier, l'un des fondateurs du PCF. Elle témoigna au procès de Nuremberg, fut l'une des dirigeantes de la Fédération nationale des déportés et internés résistants et patriotes après la guerre et joua un rôle important au commencement de l'amicale d'Auschwitz.

dans la petite maison de Drancy, j'ai pris conscience du sectarisme stalinien des communistes. Il m'était insupportable ; il l'est demeuré.

Comme les vacances de mardi gras approchaient, Michel Goldet m'a proposé de partir faire du ski avec lui et un autre ami de Sciences-Po, Antoine Veil. J'ai accepté avec d'autant plus de joie qu'il s'agissait de mes premières vacances depuis des années, et nous nous sommes rendus à Grenoble, où vivaient les parents d'Antoine. J'ai alors découvert une famille remarquable, qui par bien des côtés m'évoquait celle que j'avais perdue. Les Veil avaient le même profil social et culturel que les Jacob ; des Juifs non religieux, profondément cultivés, amoureux de la France, redevables envers elle de leur intégration. Ils étaient bien plus aisés que ma propre famille, mais ils aimaient les arts comme mes parents, surtout la musique ; et puis le dynamisme chaleureux qu'apportaient les quatre enfants, trois filles et un garçon, me rappelait l'atmosphère que j'avais connue et aimée dans mon enfance et mon adolescence. J'ai tout de suite eu un coup de foudre pour eux tous. Et comme ils m'ont accueillie avec la plus grande gentillesse, nous nous sommes rapidement liés d'affection.

Antoine suivait comme moi les cours de Sciences-Po, mais nous nous étions peu rencontrés jusque-là. Il vivait à Paris, depuis sa démobilisation, chez une de ses grands-mères. À partir du moment où nous nous sommes revus à Grenoble, les choses n'ont pas traîné, puisque nous nous sommes fiancés quelques semaines plus tard et mariés à l'automne 1946. J'avais dix-neuf ans, et Antoine vingt. Notre premier fils, Jean, est né à la fin de 1947. Nicolas, le deuxième, treize mois après. Pierre-François, lui, s'est fait plus attendre puisqu'il est né en 1954. Tel est le grand avantage d'avoir des enfants tôt : nous sommes maintenant mariés depuis soixante ans et comptons une douzaine de petits-enfants et quelques arrière-petits-enfants.

La famille de mon mari était depuis longtemps implantée à Blâmont, en Meurthe-et-Moselle, où elle possédait une usine qui fabriquait des textiles de coton. Son père, aussi patriote que le mien, avait fini la guerre de 1914 avec le grade de capitaine. Au moment de la Seconde Guerre, les Veil avaient cherché refuge à Grenoble avant de passer en Suisse, où Antoine les avait précédés. À la Libération, il avait rejoint l'armée puis, démobilisé à la fin des hostilités, il était entré à Sciences-Po, tandis que sa famille repartait bientôt pour la Lorraine et s'installait à Nancy. Mes beaux-parents étaient des gens austères, mais de grande qualité humaine et affective. Hormis qu'ils supportaient mal d'entendre parler de la déportation, sans doute par gêne ou pudeur, alors même qu'une de leurs filles avait été déportée à Auschwitz et venait de rentrer, nous nous sommes beaucoup aimés mutuellement. Avec eux, j'ai retrouvé une famille. J'admirais la rigueur morale et la curiosité intellectuelle de mon beau-père, et lui-même trouvait plaisir à nos échanges. Il se montrait curieux de mes analyses et de mes opinions. Je me sentais aussi très proche de la grand-mère de mon mari, au point de la préférer à la mienne. Cet amour était d'ailleurs réciproque. Quand j'avais un souci, je passais la voir, parce qu'elle habitait Paris, et je lui en parlais.

Notre maître de conférences à Sciences-Po, Michel de Boissieu, occupait alors le poste de chef de cabinet de Pierre-Henri Teitgen, un homme qui comptait dans cet après-guerre, ministre de l'Information à la Libération, puis garde des Sceaux, vice-président du Conseil dans le gouvernement Ramadier de 1947[1]. Afin d'aider notre jeune couple et parce qu'il nous appréciait autant l'un que l'autre, Michel de Boissieu a proposé à mon mari un poste d'attaché parlementaire au Conseil de la République[2], nom que portait alors le Sénat. Antoine a accepté tout de suite. Et le voilà, jeune marié et provincial de vingt ans, plongé de manière aussi imprévue que brutale dans le bain politique, arpentant les couloirs du palais du Luxembourg au service du vice-président du Conseil. Antoine portait une vive admiration à Pierre-Henri Teitgen, ancien professeur de droit constitutionnel, résistant de la première heure, parfait représentant de cette famille de pensée qu'on appelle aujourd'hui catholique de gauche. Les Teitgen étaient des gens sympathiques et ouverts, qui vivaient simplement. La

---

1. Ce gouvernement, constitué en janvier 1947, que présidait Paul Ramadier (SFIO), fut le premier de la IVe République. Gouvernement tripartite, il comptait des socialistes, comme Ramadier, des communistes, comme Maurice Thorez (jusqu'en mai), et des démocrates-chrétiens centristes, tel Pierre-Henri Teitgen. Il fut renversé dès le mois d'octobre de la même année.
2. Créée par la Constitution de 1946, cette chambre haute disposait de moindres pouvoirs que le Sénat qu'elle avait remplacé, son rôle étant, jusqu'en 1954, strictement consultatif.

République, à l'époque, payait mal ses parlementaires et ses ministres, lesquels menaient des trains de vie modestes, sans commune mesure avec ce à quoi les récentes décennies nous ont habitués. Au surplus, il n'y avait pas grand-chose dans les assiettes[1], pas plus pour les gens au pouvoir que pour les citoyens ordinaires, mais cela n'avait guère d'importance.

Notre existence prit rapidement un rythme accéléré. Nous sortions beaucoup, même si je demeurais un peu intimidée par ce monde parisien où mon mari évoluait sans difficulté. Les discussions étaient riches, et l'espoir de bâtir une France nouvelle habitait tout le monde.

En ce début de 1947, la vie politique était intense. La IVᵉ République, institutionnalisée quelques mois plus tôt, cherchait ses marques. Depuis le départ sans préavis du général de Gaulle[2], un an auparavant, le tripartisme constitué par les trois principales formations – les communistes, le MRP issu de la démocratie chrétienne et les socialistes – avait cahin-caha « géré » le pays et, au deuxième « round » référendaire, fait adopter un régime parlementaire, évidemment vitupéré par de Gaulle et ses fidèles.

L'année 1947 allait être celle de la clarification. D'une part, le tripartisme allait exploser, conséquence

---

1. Le rationnement mis en place pendant la guerre ne fut totalement supprimé qu'en 1949 en France.
2. Depuis 1944, le général de Gaulle présidait le gouvernement provisoire, qui se substitua au gouvernement de Vichy à la Libération. En désaccord avec le projet ayant servi de base à la Constitution de 1946, de Gaulle démissionna le 20 janvier 1946.

dans notre hexagone de la rupture entre l'Est et l'Ouest consacrée par le rideau de fer[1]. D'autre part, les gaullistes enracinaient et amplifiaient leur lutte contre le « régime des partis »[2]. La IVᵉ République n'allait ainsi pouvoir survivre qu'en résistant aux coups croisés des communistes et des gaullistes, paradoxalement unis pour l'abattre.

En dépit de ces turbulences, et contrairement à beaucoup de nos concitoyens, je confesse que le départ de De Gaulle en janvier 1946 ne m'était pas apparu comme une catastrophe nationale. Il avait tellement voulu jouer la réconciliation entre les Français qu'à mes yeux les comptes de l'Occupation n'étaient pas soldés. Au procès de Laval[3], comme à celui de Pétain[4], il n'y avait pas eu un mot sur la déportation. La question

---

1. Expression popularisée en 1946 par Winston Churchill, désignant la séparation entre l'Europe de l'Ouest (démocratique) et l'Europe de l'Est (communiste).

2. Le général de Gaulle et ses partisans voyaient dans le « régime des partis » la cause de l'instabilité gouvernementale de la IIIᵉ et de la IVᵉ Républiques.

3. Pierre Laval (1883-1945). Principal maître d'œuvre de la politique de collaboration avec l'Allemagne et notamment des mesures antisémites ayant conduit à la déportation des Juifs, il fut condamné à mort par la Haute Cour de justice pour haute trahison et fusillé.

4. Philippe Pétain fut lui aussi jugé par la Haute Cour de justice en 1945. Il fut condamné à mort et à la dégradation nationale (il fut notamment déchu de sa dignité de maréchal). Conformément au vœu émis par la Haute Cour de justice, en raison du grand âge de Philippe Pétain, le général de Gaulle commua sa peine de mort en détention à perpétuité. Il mourut en juillet 1951 à l'île d'Yeu où il était détenu.

juive était complètement occultée. Du haut au bas de l'État, on constatait donc la même attitude : personne ne se sentait concerné par ce que les Juifs avaient subi. On peut imaginer ce que cela avait de choquant pour tous ceux dont la Shoah avait bouleversé l'existence.

Plus tard, j'ai réalisé que la volonté politique du Général allait au-delà de cet « oubli ». Il souhaitait mettre en veilleuse, non pas seulement la question juive, mais tout ce qui était de nature à diviser les Français, l'opposition feutrée entre les Français « libres » et les résistants de l'ombre, les querelles entre les formations politiques, sans lesquelles il n'y a pourtant pas de vie démocratique. Tout cela lui rappelait une République qu'il n'avait pas aimée. Sa capacité de méfiance et de rejet était donc étendue. Même avec des fidèles comme René Pleven[1], qui l'avait rejoint à Londres dès juin 1940, mais poursuivait un parcours politique sans allégeance, ou Raymond Aron, dont la liberté d'esprit était entière, de Gaulle entretenait des rapports parfois difficiles. Il avait besoin de rassembler autour de lui. La vie parlementaire était à ses yeux une liturgie inévitable, mais qu'il convenait de tenir en lisière.

Dans l'été 1948, Antoine a eu une nouvelle opportunité de travail, aussi intéressante que la première. Au

---

1. René Pleven (1901-1993). Ayant rejoint le général de Gaulle dès juin 1940, il fut plusieurs fois ministre sous la IVe République ; il ne le redevint sous la Ve République qu'après le départ du général de Gaulle.

moment où Pierre-Henri Teitgen quittait le gouvernement, Alain Poher[1] devint secrétaire d'État au Budget. Comme attaché parlementaire, mon mari avait
fait sa connaissance alors qu'il occupait le poste de
rapporteur général du Budget au Conseil de la République. Alain Poher lui a proposé de faire partie de
son cabinet, qu'Antoine a rejoint avec plaisir, avant
de partir un an plus tard en Allemagne où Poher,
devenu entre-temps commissaire général aux affaires
allemandes et autrichiennes[2], l'a envoyé. Il s'agissait là
d'une véritable aubaine pour Antoine ; Poher lui promettait un poste dans un consulat, qui lui laisserait le
temps de préparer le concours d'entrée à la toute nouvelle École nationale d'administration[3], qui attirait
mon mari. Quant à moi, vivre en Allemagne ne me
posait pas de problème. Malgré la surprise de certains
proches, qui avaient du mal à comprendre mon choix,
j'y voyais l'opportunité de préparer notre avenir.

Le 1er janvier 1950, nous sommes ainsi partis pour
Wiesbaden, station thermale au bord du Rhin, située
en zone d'occupation américaine, capitale du land

---

1. Alain Poher (1909-1996). Démocrate-chrétien, il présida le
Sénat de 1968 à 1992 et, à ce titre, fut à deux reprises président
de la République par intérim, en 1969, après le départ du général
de Gaulle, et en 1974, après la mort du président Pompidou.
2. À la fin de la guerre, la France reçut des zones d'occupation
en Allemagne et en Autriche. Un commissariat aux affaires allemandes et autrichiennes fut constitué pour administrer les zones
d'occupation française dans ces deux pays.
3. Créée en 1945 par le gouvernement provisoire, elle visait à
renouveler la haute fonction publique en la démocratisant.

de Hesse. Nous y sommes restés deux ans avant de passer une troisième année à Stuttgart[1], là encore au consulat, où mon mari avait été nommé. Puis il réussit le concours de l'ENA et nous sommes rentrés en France en 1953.

Après Pierre-Henri Teitgen, Alain Poher a donc été notre deuxième protecteur. J'ai gardé de lui le souvenir d'un homme aussi attentif aux autres qu'attaché à ses fonctions.

Ces trois années passées en Allemagne furent agréables. Je ne me suis pas sentie gênée de me retrouver là, et pour une raison simple : nous vivions comme les Américains, en totale autarcie. La piscine était américaine, les magasins aussi. Notre existence était confortable. Nous nous sentions libres. Faire un grand trajet jusqu'à Stuttgart ou Düsseldorf[2] pour assister à un concert ne nous gênait pas. Nous allions aussi assez souvent rendre visite à Alain Poher à Düsseldorf. Il y occupait un petit château qui nous impressionnait un peu, mais sans plus. Je me souviens d'avoir choqué quelques personnes en descendant l'escalier magistral sur la rampe...

Nous nous sommes rapidement fait des amis, en particulier Roger Stéphane qui séjournait de temps en temps en Allemagne, Alain Clément, correspondant du *Monde*, et nombre d'autres qui venaient passer quelques jours à la maison. Parfois, nous nous

---

1. Capitale du land du Bade-Wurtemberg.
2. Capitale du land de Rhénanie-Westphalie, située en zone d'occupation française, elle abritait le commissariat aux affaires allemandes et autrichiennes.

demandions quelle serait notre vie après cette paren-
thèse dorée, mais Antoine préparait son concours
de l'ENA, tandis que je continuais moi-même vague-
ment à passer des examens de droit, sans d'ailleurs y
consacrer beaucoup de temps : je devais m'occuper
de mes deux enfants encore en bas âge et d'une impo-
sante maison. En outre, je donnais un coup de main
à Antoine en lui rédigeant des notes et des résumés
de dossiers. Je découpais des articles du *Monde*, considéré à l'époque comme une bible en matière de docu-
mentation ; et quand nous roulions en voiture, je lui
en faisais la lecture.

Malheureusement, notre séjour fut endeuillé par
un drame. Grâce aux bons soins dispensés par notre
oncle, ma sœur Milou avait pu reprendre une vie normale et suivre des études de psychologie. Après mon
mariage nous étions restées très proches et continuions
à beaucoup nous voir ; pour moi, Milou représentait
comme une seconde mère, l'ultime lien affectif qui
me rattachait encore à ce passé que nous avions vécu
toutes les trois ensemble. C'est pourquoi, même si elle
m'avait encouragée à cet exil, la séparation liée à mon
départ pour Wiesbaden avait été douloureuse. Nous
nous écrivions chaque semaine, refusant que la distance physique nous sépare l'une de l'autre. Puis ma
sœur avait épousé un ami, lui aussi psychologue, et un
petit garçon, Luc, était né. À ma grande joie, ils étaient
venus nous voir à Wiesbaden pendant l'été 1951. Nos
maris s'étaient tout de suite bien entendus, tandis que
Milou et moi renouions avec nos conversations sans
fin. L'été suivant, nouveau bonheur : tous trois vinrent

passer quinze jours chez nous, à Stuttgart. Le séjour se passa merveilleusement bien. Luc, qui avait un peu plus d'un an, a fait ses premiers pas dans notre jardin. À la mi-août, tous trois repartirent dans la petite 4 CV que mon beau-frère venait d'acheter et dont il était tout fier. Le lendemain, alors qu'ils approchaient de Paris, ils ont eu un terrible accident de voiture. Milou est morte sur le coup. Son mari, qui conduisait, n'a rien eu. Immédiatement alertés, nous avons accouru. À l'hôpital, Luc, qui semblait ne souffrir de rien, est mort au moment où je le prenais dans mes bras. Une fracture du crâne non diagnostiquée lui avait été fatale. Ce double choc m'a anéantie. J'éprouvais le sentiment d'une terrible injustice, d'un nouveau coup du destin qui s'acharnait à nous poursuivre. J'avais beau avoir un mari, deux beaux enfants, mener une vie agréable dans cette Europe en pleine reconstruction, fréquenter des amis jeunes et enthousiastes ; c'était comme si la mort ne pouvait s'empêcher de rôder autour de moi. Depuis, la douleur de la perte de Milou et l'image affreuse de son fils s'éteignant de façon brutale ne m'ont plus jamais quittée.

Ensuite, selon son rythme à la fois implacable et apaisant, la vie a repris son cours. Antoine reçu à l'ENA, nous sommes rentrés en France. Au premier semestre de 1953, effectuant un premier stage[1] au Maroc[2], je

---

1. La scolarité à l'ENA se compose de stages dans les administrations françaises et d'enseignements théoriques.
2. En 1953, le Maroc était toujours protectorat français. Il ne devint indépendant qu'en 1956.

l'ai rejoint à Safi. À partir de juillet, le stage s'est poursuivi à la préfecture de l'Indre et je l'ai accompagné
à Châteauroux, où toute la famille s'est installée pour
deux mois. Le quotidien y était calme et très ennuyeux,
même si nous nous sommes alors liés avec celui qui est
resté un ami, André Rousselet, alors jeune sous-préfet
à Issoudun. Le soir, nous jouions au bridge, parfois
accompagnés du secrétaire général de la préfecture.
Dans la journée, il nous arrivait, André et moi, de cou-
rir les antiquaires… Drôle d'époque où les hauts fonctionnaires de la République bénéficiaient de temps
libre ! Dans la journée, je promenais les enfants dans
le parc de la sous-préfecture. Au fond de moi, je savais
que ce genre de vie n'aurait qu'un temps ; dès que mon
mari en aurait fini avec ses études, j'entrerais dans la vie
professionnelle. En attendant, je survolais mes cours
de droit.

Antoine suivait encore les cours de l'ENA lorsque
j'ai mis au monde notre troisième fils, Pierre-François.
Le moment était venu d'annoncer à mon mari : « Je
vais m'inscrire au barreau. » « Il n'en est pas question », a-t-il répondu, à ma vive surprise. Je ne me suis
pas laissé faire. « Comment ? Il a toujours été entendu
que j'attendrais que tu sois sur tes rails et qu'alors je
travaillerais. Maintenant tu as obtenu ce que tu voulais, tu es à l'ENA, tout va bien pour toi. Rien ne
s'oppose donc à ce que je travaille. » Je ne m'attendais
pas à une réaction aussi négative de sa part. Comme
jadis mon propre père avec Maman, je découvrais
que mon mari était gêné de me voir entrer dans la vie
professionnelle. En outre, attaché à la rigueur et à la

force du droit, il ne tenait pas les gens du barreau en grande estime. Là où je voyais considération envers les accusés et les victimes, il ne trouvait que versatilité et inféodation à la cause de clients capables de payer. Je crois que tout cela le dérangeait ; la justice, à la rigueur, mais sans compromis. « On ne fréquente pas des avocats. Leur métier n'est pas fait pour les femmes. » Le débat a été rude, mais nous avons fini par trouver un compromis accepté de part et d'autre. Par chance il avait rencontré à travers ses différentes relations politiques un haut magistrat qui lui avait affirmé : « Les femmes ont désormais leur place au sein de la magistrature. Simone devrait y réfléchir. » Et en effet, depuis 1946, les femmes étaient admises à s'inscrire au concours de la magistrature[1]. Tel a donc été notre terrain d'entente : j'abandonnais ma vocation d'avocat au profit d'une carrière de magistrat, sans doute moins prenante, et lui acceptait que je ne reste pas à la maison pour élever les enfants et préparer le dîner.

Il est vrai que pour y parvenir, il me fallait suivre un stage de deux années et préparer les épreuves

---

1. Les concours de la fonction publique n'étaient alors pas tous ouverts aux femmes, le statut de la fonction publique prévoyait en effet des dérogations au principe de l'égalité des sexes qu'il avait pourtant posé. Comme l'explique Simone Veil dans la suite de ses *Mémoires*, l'École nationale de la magistrature n'existait pas encore, elle ne fut créée qu'en 1958 sous le nom de Centre national d'études judiciaires. Auparavant, écrit Simone Veil, le concours sanctionnait « deux années de préparation aux épreuves après des stages effectués notamment au parquet ».

du concours, tout en élevant nos trois enfants et en m'occupant de la maison… Le parcours était semé d'embûches, mais c'était mal me connaître que d'imaginer que j'abandonnerais la partie dès les premiers obstacles. Pourtant, ceux-ci n'ont pas manqué. Pierre-François a très vite attrapé la coqueluche. Ma belle-mère, toujours attentive à nos difficultés et secourable, est venue le chercher de Nancy. Heureuse époque où les belles-mères dépannaient leurs enfants en cas de difficulté ! Il faut dire que mes beaux-parents, surtout mon beau-père, me soutenaient avec force dans mon désir de travailler ; pas plus eux que moi ne pouvaient donc accepter qu'une coqueluche infantile vienne se mettre en travers de ma route.

En mai 1954, j'ai enfin pu m'inscrire au parquet général comme attachée stagiaire, à l'issue d'une nouvelle discussion émaillée d'arguments qui se voulaient dissuasifs. Le secrétaire général du parquet de Paris et son adjoint, qui m'ont reçue, n'en revenaient pas : « Mais vous êtes mariée ! Vous avez trois enfants, dont un nourrisson ! En plus votre mari va sortir de l'ENA ! Pourquoi voulez-vous travailler ? » Je leur ai expliqué que cela ne regardait que moi. Avec gentillesse mais insistance, ils ont tenté de me dissuader par tous les moyens : « Imaginez qu'un jour vous soyez contrainte de conduire un condamné à mort à l'échafaud ! » J'ai répondu : « Vous savez, si cela devait arriver, si je faisais partie de la juridiction d'assises qui l'a condamné, j'assumerais. » Devant ma résolution inébranlable, ils ont fini par accepter ma candidature et ont ajouté :

« Tant qu'à faire, puisque vous êtes décidée, faites donc votre stage auprès de nous. »

J'ai tout de suite accepté. J'avais vingt-sept ans, des diplômes, un mari, trois enfants, un travail. J'étais enfin entrée dans la vie.

ANNEXES

Allocution du 27 janvier 2005
au nom des anciens prisonniers juifs
à l'occasion de la cérémonie internationale
de commémoration du soixantième anniversaire
de la libération du camp d'Auschwitz-Birkenau

Le cœur serré par l'émotion, c'est à vous tous, ici rassemblés, que je m'adresse. Il y a soixante ans, les barrières électrifiées d'Auschwitz-Birkenau tombaient, et le monde découvrait avec stupeur le plus grand charnier de tous les temps. Avant l'arrivée de l'Armée rouge, la plupart d'entre nous avions été emmenés dans ces marches de la mort au cours desquelles beaucoup ont succombé de froid et d'épuisement.

Plus d'un million et demi d'êtres humains avaient été assassinés : le plus grand nombre d'entre eux gazés dès leur arrivée, simplement parce qu'ils étaient nés juifs. Sur la rampe, toute proche d'ici, les hommes, les femmes, les enfants, brutalement débarqués des wagons, étaient en effet sélectionnés en une seconde, sur un simple geste des médecins SS. Mengele s'était ainsi arrogé droit de vie ou de mort sur des centaines de milliers de Juifs, qui avaient été persécutés et traqués dans les coins les plus reculés de la plupart des pays du continent européen.

Que serait devenu ce million d'enfants juifs assassinés, encore des bébés ou déjà adolescents, ici ou dans les ghettos, ou dans d'autres camps d'extermination ? Des philosophes, des artistes, de grands savants ou plus simplement d'habiles artisans ou des mères de famille ? Ce que je sais, c'est que je pleure encore chaque fois que je pense à tous ces enfants et que je ne pourrai jamais les oublier.

Certains, dont les rares survivants, sont, il est vrai, entrés dans le camp, mais pour y servir d'esclaves. La plupart d'entre eux sont ensuite morts d'épuisement, de faim, de froid, d'épidémies ou, eux aussi, sélectionnés à leur tour pour la chambre à gaz, parce qu'ils ne pouvaient plus travailler.

Il ne suffisait pas de détruire notre corps. Il fallait aussi nous faire perdre notre âme, notre conscience, notre humanité. Privés de notre identité, dès notre arrivée, à travers le numéro encore tatoué sur nos bras, nous n'étions plus que des *Stücke*, des morceaux.

Le tribunal de Nuremberg[1], en jugeant pour crimes contre l'humanité les plus hauts responsables, recon-

---

1. Le tribunal de Nuremberg fut créé par un accord international d'août 1945 prévoyant que les responsables du régime national-socialiste seraient jugés par une cour militaire internationale. Elle comportait des représentants des États-Unis, du Royaume-Uni, de l'URSS et de la France et statua sur les crimes contre la paix, les crimes de guerre et les crimes contre l'humanité ; ce dernier concept fut introduit dans le droit international à cette occasion. Le tribunal siégea du 20 novembre 1945 au

naissait l'atteinte portée non seulement aux victimes mais à l'humanité tout entière.

Et pourtant, le vœu que nous avons tous si souvent exprimé de « plus jamais ça » n'a pas été exaucé, puisque d'autres génocides[1] ont été perpétrés.

Aujourd'hui, soixante ans après, un nouvel engagement doit être pris pour que les hommes s'unissent au moins pour lutter contre la haine de l'autre, contre l'antisémitisme et le racisme, contre l'intolérance.

Les pays européens qui, par deux fois, ont entraîné le monde entier dans des folies meurtrières ont réussi à surmonter leurs vieux démons. C'est ici, où le mal absolu a été perpétré, que la volonté doit renaître d'un monde fraternel, d'un monde fondé sur le respect de l'homme et de sa dignité.

1er octobre 1946 et prononça douze condamnations à mort, sept condamnations à la détention et trois acquittements. Non seulement son apport au droit international fut considérable, mais il a ouvert la voie à la constitution de cours internationales pour juger des crimes qui, sinon, soit resteraient impunis, soit donneraient lieu à des règlements de comptes et non à des décisions juridiques s'imposant à tous.

1. Terme forgé en 1944 par Raphaël Lemkin, professeur de droit américain d'origine juive. Il désigne des meurtres de masse commis contre un groupe national, ethnique, racial ou religieux (Convention de décembre 1948 pour la prévention et la répression du crime de génocide). Il a été utilisé pour qualifier le massacre du peuple juif et des Tziganes par le régime national-socialiste et, rétrospectivement, les massacres commis contre les Arméniens à la fin de l'Empire ottoman. Depuis ont été considérés comme génocides les meurtres de masse des Tutsis par les Hutus au Rwanda ou le massacre de Bosniaques à Srebrenica par les Serbes. Comme les autres crimes contre l'humanité, le génocide est imprescriptible (il peut être jugé quel que soit le moment où il a été commis).

Venus de tous les continents, croyants et non-croyants, nous appartenons tous à la même planète, à la communauté des hommes. Nous devons être vigilants, et la défendre non seulement contre les forces de la nature qui la menacent, mais encore davantage contre la folie des hommes.

Nous, les derniers survivants, nous avons le droit, et même le devoir, de vous mettre en garde et de vous demander que le « plus jamais ça » de nos camarades devienne réalité.

Auschwitz-Birkenau (Pologne),
le 27 janvier 2005.

Discours du 18 janvier 2007
de Mme Simone Veil, présidente
de la Fondation pour la mémoire de la Shoah,
à l'occasion de la cérémonie du Panthéon[1]
en hommage aux Justes de France

Monsieur le Président de la République,
Mesdames et Messieurs les Justes de France, c'est à vous que mon propos s'adresse ; à vous tous qui nous entourez ainsi qu'à ceux qui n'ont pu se joindre à nous ; à vous aussi qui avez aidé à sauver des Juifs sans chercher à obtenir cette reconnaissance.

Au nom de la Fondation pour la mémoire de la Shoah[2], au nom de tous ceux qui vous doivent la vie,

---

1. Cette cérémonie était destinée à inaugurer dans la crypte du Panthéon de Paris, où sont inhumés de « grands hommes » ayant droit à la reconnaissance de « la patrie », une inscription rendant hommage aux Français ayant reçu le titre de « Justes parmi les nations » décerné par Yad Vashem au nom d'Israël (cf. note 3, p. 62 et note 1, p. 107) et à tous ceux qui, ayant sauvé des vies juives, ont préféré rester anonymes.
2. Créée en 2000 sur la recommandation de la mission d'étude sur la spoliation des Juifs de France présidée par Jean Mattéoli,

je viens ce soir vers vous, pour vous exprimer notre respect, notre affection, notre gratitude.

On ne saura jamais exactement combien vous êtes. Certains sont morts, sans juger utile de se prévaloir de ce qu'ils avaient fait. D'autres ont cru être oubliés de ceux qu'ils avaient sauvés. D'autres enfin ont même refusé d'être honorés, considérant qu'ils n'avaient fait que leur devoir de Français, de chrétiens, de citoyens, d'hommes et de femmes envers ceux qui étaient pourchassés pour le seul crime d'être nés juifs.

Certains Français se plaisent à flétrir le passé de notre pays. Je n'ai jamais été de ceux-là[1]. J'ai toujours dit, et je le répète ce soir solennellement, qu'il y a eu la France de Vichy, responsable de la déportation de soixante-seize mille Juifs, dont onze mille enfants, mais qu'il y a eu aussi tous les hommes, toutes les femmes, grâce auxquels les trois quarts des Juifs de notre pays ont échappé à la traque. Ailleurs, aux Pays-Bas, en Grèce, quatre-vingts pour cent des Juifs ont été arrê-

-----

cette fondation entretient le souvenir de la Shoah en soutenant des projets de recherche ou en aidant à l'enseignement de cette période dans le but de lutter contre l'antisémitisme et, plus généralement, contre le racisme et la xénophobie. Elle contribue également au maintien de la culture juive et du judaïsme en France. Simone Veil en est aujourd'hui la présidente d'honneur.

1. Simone Veil a toujours eu une position modérée sur cette question (cf. note 1, p. 62), en considérant que, pendant l'Occupation, si le gouvernement de Vichy s'est plié aux exigences des Allemands, voire les a devancées, les Français n'ont pas été, dans leur grande majorité, des collaborateurs et ont davantage fait preuve de patriotisme et d'humanité que d'autres nations occupées.

tés et exterminés dans les camps. Dans aucun pays occupé par les nazis, à l'exception du Danemark[1], il n'y a eu un élan de solidarité comparable à ce qui s'est passé chez nous.

Vous tous, les Justes de France auxquels nous rendons hommage aujourd'hui, vous illustrez l'honneur de notre pays qui, grâce à vous, a retrouvé le sens de la fraternité, de la justice et du courage. Voilà plus de soixante ans, vous n'avez pas hésité à mettre en péril la sécurité de vos proches, à risquer la prison et même la déportation. Pourquoi ? Pour qui ? Pour des hommes, des femmes et des enfants que, le plus souvent, vous ne connaissiez même pas, qui ne vous étaient rien, seulement des hommes, des femmes et des enfants en danger.

Pour la plupart, vous étiez des Français « ordinaires ». Citadins ou ruraux, athées ou croyants, jeunes ou vieux, riches ou pauvres, vous avez hébergé ces familles, apporté réconfort aux adultes, tendresse aux enfants. Vous avez agi avec votre cœur parce que les menaces qui pesaient sur eux vous étaient insupportables. Vous avez obéi sous le coup d'une exigence non écrite qui primait toutes les autres. Vous n'avez pas cherché les honneurs. Vous n'en êtes que plus dignes.

---

1. Le Danemark est le seul pays à avoir reçu en tant que tel le titre de « Juste parmi les nations ». En effet, en octobre 1943, avant le début des rafles, la population danoise évacua subrepticement l'essentiel de la communauté juive en direction de la Suède. Seuls 450 Juifs danois (7 % de la population juive) furent déportés à Theresienstadt, l'un des rares camps visités par la Croix-Rouge. 51 d'entre eux devaient y mourir.

Je tiens ce soir à vous remercier, Monsieur le Président de la République, d'avoir publiquement reconnu la responsabilité de l'État[1] dans les lois scélérates de Vichy. À vous remercier aussi d'avoir, sans faille, à maintes reprises, rappelé l'action exemplaire, courageuse et fraternelle des Français, dont certains vous entourent ici ce soir.

Face au nazisme qui a cherché à rayer le peuple juif de l'histoire des hommes et à effacer toute trace des crimes perpétrés, face à ceux qui, aujourd'hui encore, nient les faits[2], la France s'honore, aujourd'hui, de graver de manière indélébile dans la pierre de son histoire nationale cette page de lumière dans la nuit de la Shoah.

Les Justes de France pensaient avoir simplement traversé l'histoire. En réalité, ils l'ont écrite. De toutes les voix de la guerre, leurs voix étaient celles que l'on entendait le moins, à peine un murmure, qu'il fallait souvent solliciter. Il était temps que nous les enten-

---

1. Le 16 juillet 1995, jour de l'anniversaire de la rafle du Vél' d'Hiv', Jacques Chirac, alors président de la République, reconnut officiellement la responsabilité de l'État français dans la déportation des Juifs. Jusque-là, l'idée, défendue par le général de Gaulle, de l'illégitimité du gouvernement de Vichy, traduite dans la loi par l'article 1er de l'ordonnance du 9 août 1944, empêchait de reconnaître la responsabilité de l'État pour les agissements commis par le régime de Vichy. Le discours de Jacques Chirac constituait donc une révolution juridique.

2. Il s'agit du « négationnisme », attitude consistant à nier la réalité même du génocide juif pendant la Seconde Guerre mondiale. Les propos négationnistes sont susceptibles de poursuites judiciaires depuis la loi Gayssot du 13 juillet 1990.

dions. Il était temps que nous leur exprimions notre reconnaissance.

Pour nous qui demeurons hantés par le souvenir de nos proches, disparus en fumée, demeurés sans sépulture, pour tous ceux qui veulent un monde meilleur, plus juste et plus fraternel, débarrassé du poison de l'antisémitisme, du racisme et de la haine, ces murs résonneront désormais et à jamais de l'écho de vos voix, vous les Justes de France qui nous donnez des raisons d'espérer.

Paris, le 18 janvier 2007.

Discours du 29 janvier 2007
de Mme Simone Veil, présidente
de la Fondation pour la mémoire de la Shoah,
à l'occasion de la Journée internationale
de commémoration dédiée à la mémoire
des victimes de l'Holocauste
à l'Organisation des Nations unies

Monsieur le Secrétaire général adjoint[1],
Mesdames et Messieurs les Ambassadeurs,
Mesdames et Messieurs,

Le temps n'y peut rien ; c'est toujours la même émotion qui m'étreint lorsque je suis amenée à prendre la parole pour parler de la Shoah. Comme tous mes camarades, je considère comme un devoir d'expliquer inlassablement aux jeunes générations, aux opinions publiques de nos pays et aux responsables politiques, comment

---

1. Le secrétaire général des Nations unies, Ban Ki-moon, était alors à Addis-Abeba où se tenait une réunion de l'Union africaine sur le Darfour (cf. *infra*). Il était représenté à la cérémonie où Simone Veil prit la parole par le secrétaire général adjoint à la communication et à l'information, Shashi Tharroor.

sont morts six millions de femmes et d'hommes, dont un million et demi d'enfants, simplement parce qu'ils étaient nés juifs.

Je mesure aussi tout l'honneur que vous me faites de m'avoir invitée à m'exprimer en ce lieu symbolique. En effet, cette institution est née des ruines et des cendres de la Seconde Guerre mondiale[1]. Il ne s'agit pas d'une image, mais bien d'une réalité : c'est dans un pays d'Europe, depuis longtemps admiré pour ses philosophes et ses musiciens, qu'il a été décidé de gazer et brûler des millions d'hommes, de femmes et d'enfants, dans des fours crématoires. Leurs cendres reposent aussi au fond de ces fosses d'Ukraine, de Pologne, de Lituanie, de Biélorussie et d'ailleurs, que les Juifs durent creuser de leurs propres mains, avant d'y tomber sous les balles des *Einsatzgruppen*[2], puis d'y être brûlés, toutes traces de ces crimes devant être effacées.

Je souhaite aussi remercier ceux qui ont réalisé l'exposition sur le sort et les souffrances des dizaines de milliers de Tziganes raflés et parqués, avant d'être exterminés. Il a fallu longtemps pour qu'on reconnaisse qu'un grand nombre d'entre eux avaient été exterminés à Auschwitz.

---

1. La création de l'Organisation des Nations unies fut décidée à la conférence de San Francisco (25 avril-26 juin 1945). Elle fut officiellement créée le 24 novembre 1945.

2. « Groupes d'intervention » ou escadrons mobiles, essentiellement composés de SS, mais pas seulement, ils furent chargés de l'extermination ciblée de populations d'Europe centrale et orientale, juive et tzigane notamment, mais aussi polonaise et russe. Leur action constitua la première phase de la Shoah. On estime qu'ils ont massacré ainsi plus d'un million de Juifs.

Ayant souvenir du 2 août 1944, où les Tziganes, qui jusque-là avaient vécu en famille, ont été tous gazés, j'ai eu l'occasion, des années plus tard, en 1980, étant présidente du Parlement européen, invitée par les autorités allemandes à me rendre à Bergen-Belsen, de m'étonner que rien n'ait été fait pour reconnaître ces événements tragiques. J'ai alors souligné la nécessité de réparer cet oubli.

Il y a cinq ans, le Conseil de l'Europe[1] a décidé d'organiser une Journée européenne de la mémoire de l'Holocauste et de la prévention des crimes contre l'humanité. Il a retenu la date du 27 janvier, jour de l'arrivée d'un détachement de soldats soviétiques dans le camp d'Auschwitz. Dès les 18 et 19 janvier, la plupart des survivants avaient quitté les nombreux camps et kommandos implantés autour d'Auschwitz.

C'est ainsi que plus de soixante mille déportés, femmes et hommes, ont été contraints de marcher dans la neige pendant des dizaines de kilomètres, voire pour certains, des centaines, sans pouvoir ralentir leur marche, sauf à être exécutés sur place. Les soldats de l'Armée rouge, eux, n'ont trouvé que des fantômes, quelques milliers de mourants, terrifiés,

---

1. Le Conseil de l'Europe, qui siège à Strasbourg, a été créé en mai 1949. Comptant à l'origine dix États, il couvre aujourd'hui tout le continent européen, à l'exception de la Biélorussie. Il a pour objectif de créer en Europe un espace de droit, démocratique et commun dont la Convention européenne des droits de l'homme et la Cour européenne des droits de l'homme sont les principaux symboles.

laissés là faute de temps, et parce que les SS pensaient que la faim, la soif, le froid ou la maladie feraient leur œuvre rapidement. Quelques-uns avaient pris le risque de rester et de se cacher, dans l'espoir d'être libérés.

Le 1ᵉʳ novembre 2005, l'ONU a décidé à son tour d'instituer cette « Journée internationale de commémoration en souvenir des victimes de l'Holocauste ».

Par cette décision, qui concerne aujourd'hui le monde entier, les Nations unies sont demeurées fidèles à leurs principes fondateurs, en particulier à la Déclaration universelle des droits de l'homme[1], ainsi qu'à la résolution adoptée en décembre 1948 de prévenir, combattre et juger tout génocide[2]. Les Nations unies ont aussi tenu à rappeler le caractère à la fois spécifique et universel de la Shoah, extermination planifiée, tendant à supprimer un peuple tout entier, le peuple juif. Cet objectif a été très largement atteint, bafouant ainsi les fondements mêmes de notre humanité.

C'est pourquoi, il me paraît symbolique que, le 24 janvier 2005, la vingt-huitième session extraordinaire de l'Assemblée générale des Nations unies, commémorant le soixantième anniversaire de la libération des camps de concentration nazis, ait été présidée

---

1. Adoptée le 10 décembre 1948 à Paris par l'Assemblée générale des États membres de l'ONU.

2. Par la résolution du 9 décembre 1948, l'Assemblée générale de l'ONU approuva la convention pour la prévention et la répression du génocide ; elle est entrée en vigueur le 12 janvier 1951.

non par un Européen, mais par M. Jean Ping, ambassadeur du Gabon, que je tiens à remercier[1].

Monsieur le Secrétaire général, Mesdames et Messieurs les Ambassadeurs, il faut que vous sachiez que, pour les anciens déportés, il n'y a pas de jour où nous ne pensions à la Shoah. Plus encore que les coups, les chiens qui nous harcelaient, l'épuisement, la faim, le froid et le manque de sommeil, ce sont les humiliations destinées à nous priver de toute dignité humaine qui, aujourd'hui encore, demeurent le pire dans nos mémoires. Nous n'avions plus de nom, mais seulement un numéro tatoué sur le bras, servant à nous identifier, et nous étions vêtus de haillons.

Ce qui nous hante avant tout, c'est le souvenir de ceux dont nous avons été brutalement séparés dès notre arrivée au camp et dont nous avons appris par les kapos, dans les heures suivantes, qu'ils avaient été directement conduits à la chambre à gaz. Le camp d'Auschwitz n'était pas le pire. De nombreux trains venant de toute l'Europe étaient dirigés vers Sobibor, Majdanek ou Treblinka[2], où, à l'exception des *Sonderkommandos*[3], eux-mêmes chargés de mener les Juifs

---

1. Jean Ping (né en 1942 au Gabon) était en fait non ambassadeur de son pays auprès de l'ONU, mais ministre des affaires étrangères du Gabon lorsqu'il fut élu président de l'Assemblée générale de l'ONU en 2004.
2. Camps d'extermination, tous trois situés en Pologne.
3. Mot allemand, signifiant « commandos spéciaux ». Les individus qui les composaient n'étaient que provisoirement épargnés et finissaient par subir à leur tour le sort qui attendait les déportés dans les camps d'extermination.

vers les chambres à gaz, tous les arrivants, quel que soit leur âge, étaient immédiatement exterminés.

C'est au mois d'avril 1944 qu'avec ma mère et ma sœur nous avons été déportées à Auschwitz. Après avoir passé une semaine à Drancy où tous les Juifs de France étaient regroupés, nous avons été entassés, pendant trois jours terribles, dans des wagons à bestiaux plombés, pratiquement sans nourriture, sans eau et sans rien savoir de notre destination. Mon père et mon frère, eux aussi arrêtés, ont été déportés à Kaunas, en Lituanie, dans un convoi de huit cent cinquante hommes. Seuls une vingtaine ont survécu. Du sort de mon père et de mon frère, nous n'avons jamais rien su.

Nous sommes arrivées à Auschwitz en pleine nuit. Tout était fait pour nous terrifier : les projecteurs aveuglants, les aboiements des chiens des SS, les déportés en tenue de bagnard qui nous tiraient hors des wagons.

Le docteur Mengele, SS maître de la sélection, désignait alors, par un simple geste, ceux qui entreraient dans le camp et ceux qui, supposés fatigués, étaient dirigés vers les camions prévus pour les conduire directement vers les chambres à gaz. Par miracle, nous sommes toutes les trois entrées dans le camp, où nous avons été affectées à des travaux de terrassement, le plus souvent totalement inutiles.

Nous travaillions plus de douze heures par jour et étions à peine nourries. Notre sort n'a pas été le pire. Au mois d'avril et mai 1944, quatre cent trente-cinq mille Juifs sont arrivés de Hongrie ; pour faciliter leur extermination, on avait prolongé la voie ferrée à l'intérieur du camp, au plus près des chambres à gaz ; dès leur descente des wagons, la plupart y ont été conduits. Pour nous qui les voyions et savions ce qui les attendait, c'était une vision d'horreur. J'ai encore en mémoire ces visages, ces femmes portant leurs jeunes enfants, ces foules ignorantes de leur destin qui marchaient vers les chambres à gaz. J'étais dans un bloc tout proche de la rampe où arrivaient les trains. C'est ce que j'ai vu de pire. Nous qui pensions ne plus avoir de larmes, nous avons pleuré. Je pense encore souvent à eux.

Au mois de juillet, nous avons eu la chance d'aller dans un petit camp où nous étions très peu nombreux : le travail et la discipline étaient beaucoup moins durs. Nous y sommes restées jusqu'au 18 janvier 1945. Alors que nous entendions les canons soviétiques et apercevions les lueurs du front, nous nous demandions si les SS nous tueraient avant l'arrivée des Russes ou nous laisseraient sur place. Dès le 18 janvier au soir, nous avons quitté le camp, forcés de marcher, pendant plus de soixante-dix kilomètres, sous la menace des fusils des SS : ces « marches de la mort », où tant de nos camarades ont succombé. Après deux jours d'attente, à Gleiwitz, dans un immense camp où nous étions environ soixante mille, venus de toute la région, nous avons été entassés dans des wagons à ciel ouvert, traversant la Tchécoslovaquie, l'Autriche, puis l'Allemagne, avant d'arriver au camp de Bergen-Belsen, situé près de Hanovre. Environ la moitié étaient morts de froid et de faim.

À Bergen-Belsen, il n'y avait ni chambre à gaz ni sélection ; mais le typhus, le froid et la faim y ont tué, en quelques mois, des dizaines de milliers de déportés que les nazis ne voulaient pas laisser sur place, face à l'avance de l'armée soviétique.

Enfin, le 15 avril 1945, nous avons été libérés par l'armée britannique. Je revois encore la stupeur horrifiée des soldats qui, de leurs chars, découvraient les cadavres accumulés sur le bord de la route et les squelettes titubants que nous étions devenus. Nul cri de joie de notre part. Seulement le silence et les larmes. Je pensais à ma mère, qui était morte un mois plus tôt, d'épuisement et du typhus. Au cours de ces semaines, faute de soins, beaucoup d'entre nous sont morts.

Ma sœur et moi, libérées le 15 avril 1945, ne sommes rentrées en France qu'à la fin du mois de mai. Sans doute craignait-on en haut lieu que l'on risque d'introduire dans notre pays une épidémie de typhus.

Que dire du retour ?

Nous avions toujours espéré que ma sœur qui était dans la Résistance ne serait pas arrêtée. J'ai appris la veille de notre retour qu'elle avait été déportée mais heureusement, j'ai appris rapidement qu'elle avait survécu et qu'elle était déjà rentrée.

La guerre venait de finir, mais la France avait été libérée depuis des mois. Il y avait eu des procès contre ceux qui avaient collaboré avec les Allemands, mais la majorité des Français et le gouvernement voulaient oublier le passé. Personne n'avait envie d'entendre parler de la déportation, de ce que nous avions vu et vécu. Quant aux Juifs qui n'avaient pas été déportés, c'est-à-dire, en ce qui concerne la France, les trois quarts d'entre eux, la plupart ne supportaient pas de nous entendre. D'autres préféraient ne pas savoir. Il est vrai que nous n'avions pas conscience de l'horreur de nos récits. C'est donc entre nous, les anciens déportés, que nous parlions du camp.

La Shoah ne se résume pas à Auschwitz : elle a couvert de sang tout le continent européen. Processus de déshumanisation mené à son terme, elle inspire une réflexion inépuisable sur la conscience et la dignité des hommes, car le pire est toujours possible.

Alors que nous avions fait le vœu, si souvent exprimé, du « plus jamais ça », nos mises en garde sont restées vaines. Après les massacres du Cambodge[1], c'est l'Afrique qui, depuis plus de dix ans, paie le plus lourd tribut à la folie génocidaire. Après le Rwanda[2], nous voyons, au Darfour[3], semer la mort et la désolation. C'est un bilan tragique : deux cent mille morts et deux millions de réfugiés chassés de chez eux. Nous le savons. Mais comment intervenir ? Comment mettre fin à cette barbarie ?

---

1. Entre 1975 et 1979, les Khmers rouges, dirigés par Pol Pot, qui avaient pris le pouvoir au Cambodge et prétendaient mettre en place une nouvelle société, tuèrent plus d'1,5 million de Cambodgiens.

2. On estime à au moins 800 000 le nombre des victimes du génocide opéré au Rwanda par les Hutus contre les Tutsis entre le 7 avril et le 4 juillet 1994.

3. Le conflit du Darfour (région de l'ouest du Soudan) qui oppose deux ethnies aurait fait, selon certaines estimations internationales, plus de 300 000 morts et déplacé des millions de personnes.

Après avoir pensé qu'il était peut-être préférable de laisser l'OUA[1] prendre en main la situation, il me semble que les Nations unies doivent, maintenant, intervenir. Pour moi qui préside, depuis déjà quatre ans, le Fonds des victimes de crimes contre l'humanité mis en place par la Cour pénale internationale de La Haye[2], je m'interroge sur ce qu'il est possible de faire pour arrêter ces crimes, ces violences, avec les déplacements dramatiques de population que cela entraîne. On sait que quelques ONG parviennent, en prenant de grands risques, à secourir ces femmes et ces hommes ; c'est peu de chose par rapport à la souffrance et au désespoir de ces populations.

Je sais que c'est actuellement pour vous, Monsieur le Secrétaire général, le dossier prioritaire et je m'en réjouis.

Je ne peux manquer d'évoquer à présent les nouveaux négationnistes qui nient la réalité de la Shoah

---

1. Organisation de l'unité africaine, créée en 1963 à l'époque de la décolonisation, dans le but de faire entendre la voix de l'Afrique, elle a été dissoute en 2002 et remplacée par l'Union africaine (UA), à l'image de l'Union européenne.

2. Créée en juillet 1998, elle est l'une des institutions des Nations unies et a pour mandat de juger les individus responsables de génocides, de crimes de guerre ou de crimes contre l'humanité. Cette juridiction permanente universelle n'est malheureusement pas reconnue par tous les États membres des Nations unies. Le statut de Rome créant la CPI prévoyait également la constitution d'un fonds d'indemnisation pour les victimes des crimes relevant de la CPI et leurs familles. Simone Veil y a été élue dès sa mise en place, en septembre 2003. Elle a été la présidente du Fonds jusqu'en octobre 2009.

et appellent à la destruction d'Israël. Nous savons combien désormais le danger d'un Iran nucléaire est inquiétant et combien il est urgent que ce pays puisse revenir au sein de la communauté internationale, en se rangeant aux exigences des Nations unies et en respectant le traité de non-prolifération des armes nucléaires, dont il est signataire[1].

La création d'un État palestinien aux côtés d'un État d'Israël, chacun vivant en paix dans ses frontières, au terme d'une négociation, devrait mettre fin aux campagnes menées contre l'existence d'Israël.

Au sein des représentants de l'islam radical, les appels à la destruction d'Israël, terre ancestrale des Juifs depuis l'Antiquité, devenu refuge des survivants et rescapés de la Shoah, m'inquiètent profondément. En prétendant que la Shoah est un mensonge forgé par les Juifs pour justifier la création d'Israël, ils ont ouvert une brèche pour justifier leur volonté de détruire cet État. Ce négationnisme utilisé à des fins purement politiques, dont ceux qui le diffusent ne sont pas dupes, leur permet cependant de trouver une justification à leur combat tendant à mettre fin à l'État d'Israël. Ce nouveau négationnisme m'inquiète car il trouve un grand écho auprès d'esprits ignorants

---

1. Le Traité de non-prolifération (TNP), signé en 1968, vise à empêcher la diffusion de l'arme nucléaire dans le monde. C'est à cette fin qu'a été créée l'AIEA (Agence internationale pour l'énergie atomique). L'Iran, qui est partie au traité (un État est partie au traité lorsqu'il l'a signé), est accusé de vouloir utiliser la technologie nucléaire à des fins non strictement civiles, c'est-à-dire militaires, ce qui est contraire aux dispositions du TNP.

et fanatisés, et notamment, à cause des nouvelles technologies de communication, auprès des jeunes.

Face à la question de la mémoire de la Shoah et à celle de l'existence de l'État d'Israël, la communauté internationale comme nos États doivent assumer leurs responsabilités. Ils doivent aussi les prendre contre les autres génocides, qui doivent être identifiés et dont les victimes doivent être entendues. Ceux qui ont commis ou commettent des crimes de masse doivent être jugés et sanctionnés.

Je sais, Monsieur le Secrétaire général, combien ces situations vous tiennent à cœur. Je sais que vous vous êtes fermement engagé à trouver des solutions pour que les résolutions et les principes des Nations unies soient enfin respectés, sur le terrain de tous les conflits.

Au-delà des États et des institutions, il reste la part de responsabilité qui incombe à chacun et je tiens à vous donner un exemple qui me tient à cœur. Le 18 janvier dernier, sur ma proposition, le président de la République française, Jacques Chirac, a rendu, au Panthéon, hommage aux Justes de France. Les « Justes » sont ces milliers d'hommes et de femmes non juifs, honorés par l'institut Yad Vashem de Jérusalem pour avoir, pendant la Seconde Guerre mondiale, sauvé des Juifs de la déportation. En France, soixante-seize mille Juifs ont été déportés, mais les trois quarts des Juifs de France ont été sauvés. Ils le doivent à ces milliers de Français qui les ont aidés et qui ont incarné le courage, la générosité, la solidarité.

Si j'évoque les Justes, c'est parce que je suis convaincue qu'il y aura toujours des hommes et des femmes, de toutes origines et dans tous les pays, capables du meilleur. À l'exemple des Justes, je veux croire que la force morale et la conscience individuelle peuvent l'emporter.

En conclusion, et en me réjouissant que vendredi dernier, la résolution condamnant la négation de l'Holocauste ait été aussi pleinement approuvée[1], je forme les vœux les plus ardents pour que cette journée décidée par les Nations unies inspire à tous les dirigeants, à tous les hommes et femmes de par le monde, le respect de l'autre, le rejet de la violence, de l'antisémitisme, du racisme et de la haine.

Je souhaite solennellement vous redire que la Shoah est « notre » mémoire et « votre » héritage.

New York, le 29 janvier 2007.

---

1. Le 26 janvier 2007, l'Assemblée générale des Nations unies adopta par consensus – moins la voix de l'Iran – une résolution condamnant toute tentative de nier ou de minimiser l'Holocauste et exhortant tous les États membres à agir en ce sens. Cette résolution constituait pour une grande part une réponse aux propos tenus par le président iranien, Mahmoud Ahmadinejad, qui nie le génocide juif.

Jean d'Ormesson reçoit Simone Veil
à l'Académie française, le 18 mars 2010

L'histoire commence comme un conte de fées : Il était une fois, sous le soleil du Midi, à Nice, une famille sereine et unie à qui l'avenir promettait le bonheur et la paix. Le père est architecte, avec des ancêtres en Lorraine. La mère a quelque chose de Greta Garbo. Vous avez deux sœurs, Milou et Denise, et un frère, Jean. Vous êtes la petite dernière de cette famille Jacob qui est juive et très française, patriote et laïque. L'affaire Dreyfus avait à peine ébranlé son insouciance. On racontait chez vous que lorsque l'innocence du capitaine Dreyfus avait été reconnue, votre grand-père avait débouché une bouteille de champagne et déclaré tranquillement : « Les descendants de 89 ne pouvaient pas se tromper. »

Alors que votre mère était plutôt de gauche, votre père était plutôt à droite. Il lisait un quotidien de droite, *L'Éclaireur*, et elle, *L'Œuvre, Marianne* ou *Le Petit Niçois*, de tendance socialiste.

Le plus frappant dans cette famille si républicaine et si française, c'est son caractère foncièrement laïque. Une de vos cousines italiennes, de passage chez vous, avait pris l'initiative de vous entraîner dans une synagogue. Votre père l'avait appris. Il prévint votre cousine qu'en cas de récidive, elle ne serait plus reçue dans votre maison. [...] Vous étiez juifs et laïques. Vous mangiez une choucroute le jour de Kippour.

Votre père avait quitté Paris pour Nice parce qu'il pensait que la Côte d'Azur allait connaître un développement spectaculaire. Dès le début des années 1930, la crise, venue d'Amérique, frappait votre famille comme elle frappait tous les Français et même l'Europe entière. Vous étiez obligés de vous restreindre, mais la vie continuait, toujours aussi gaie et charmante, entre Nice et La Ciotat où votre père avait construit une maison de vacances. Votre mère jouait au tennis avec un jeune homme brillant qui revenait d'un séjour à Berlin : c'était Raymond Aron. Le 3 septembre 1939, la guerre éclatait. Le 10 mai 1940, l'offensive allemande se déclenchait. Le 13 mai, Winston Churchill prononçait à la Chambre des communes un des discours les plus célèbres de l'histoire. « Je n'ai rien d'autre à offrir que du sang, de la sueur et des larmes. » Le paradis terrestre où vous aviez vécu s'engloutissait dans le passé.

Le 3 octobre 1940, le premier statut des Juifs était édicté par Vichy. Votre père, très « ancien combattant », avait peine à admettre que le maréchal Pétain pût être responsable de ces honteuses dispositions. Il se vit pourtant retirer le droit d'exercer son métier.

L'existence devenait difficile. Deux ans plus tard, les Alliés débarquaient en Afrique du Nord et l'armée allemande envahissait la zone libre. Nice et le sud-est de la France furent occupés par les Italiens, qui adoptaient une attitude de tolérance à l'égard des Juifs français. Au point que le Midi constitua pour un bref laps de temps un refuge pour les Juifs. Nice vit ainsi sa population s'accroître, en quelques mois, de près de 30 000 habitants. Mais, une autre année plus tard, les Italiens évacuaient la région. En septembre 1943, avant même les troupes allemandes qui prenaient le relais des troupes italiennes, la Gestapo débarquait à Nice avec Aloïs Brunner, déjà célèbre à Vienne, qui dirigera plus tard le camp de Drancy. Le crime se mettait en place. Le 29 mars 1944, vous passez à Nice les épreuves du baccalauréat, avancées de trois mois par crainte d'un débarquement allié dans le sud de la France. Le lendemain, 30 mars, en deux endroits différents, par un effroyable concours de circonstances, votre mère, votre sœur Milou, votre frère Jean et vous-même êtes arrêtés par les Allemands.

Huit jours plus tard, vous arrivez à Drancy où les conditions matérielles et morales sont déjà très dures. Vous ne savez plus rien de votre père ni de votre sœur Denise. Vous êtes très vite séparées de votre frère. Une semaine encore – le calendrier se déroule impitoyablement – et le 13 avril, à cinq heures du matin, en gare de Bobigny, vous montez avec votre mère et votre sœur dans un convoi de wagons à bestiaux en direction de l'est. Le voyage dure trois jours – du 13 avril à l'aube au 15 avril au soir. Le 15 avril 1944, en pleine nuit, sous les cris des SS, les aboiements des chiens, les projecteurs aveuglants, vous débarquez sur la rampe d'accès du camp d'Auschwitz-Birkenau. Vous entrez en enfer. Vous avez seize ans, de longs cheveux noirs, des yeux verts et vous êtes belle.

Des déportés vous attendent sur la rampe de débarquement. Ils vous crient en français : « Laissez vos bagages dans les wagons, mettez-vous en file, avancez. » Tout à coup, une voix inconnue vous murmure à l'oreille :

— Quel âge as-tu ?

Vous répondez :

— Seize ans.

Un silence. Puis, tout bas et très vite :

— Dis que tu en as dix-huit.

La voix inconnue vous a sauvé la vie. Des enfants et des femmes âgées ou malades sont empilés dans des camions que vous n'avez jamais revus. Votre mère, Milou et vous, vous vous retrouvez toutes les trois dans la bonne file – la « bonne » file ! –, entourées de kapos qui vous prennent vos sacs, vos montres, vos bijoux, vos alliances. Une amie de Nice, arrêtée avec vous, conservait sur elle un petit flacon de Lanvin. Sous les cheminées des crématoires d'où sort une fumée pestilentielle qui obscurcit le ciel, vous vous aspergez, à trois ou quatre, de ce dernier lambeau de civilisation avant la barbarie.

La nuit même de votre arrivée au camp, les kapos vous font mettre en rang et un numéro indélébile vous est tatoué sur le bras. Il remplace l'identité que vous avez perdue, chaque femme étant enregistrée sous son seul numéro avec, pour tout le monde, le prénom de Sarah. Vous êtes le n° 78651. Vous appartenez désormais, avec des millions d'autres, au monde anonyme des déportés. Et, à l'âge où les filles commencent à se détourner de leurs jeux d'enfant pour rêver de robes et de romances au clair de lune, vous êtes l'image même de l'innocence : votre crime est d'être née dans la famille honorable et très digne qui était la vôtre. Dans l'abîme où vous êtes tombée, dans ce cauchemar devenu réalité, il faut s'obstiner à survivre. Survivre, à Auschwitz, comme à Mauthausen, à Treblinka, à Bergen-Belsen, est une tâche presque impossible. Le monstrueux prend des formes quotidiennes. À l'intérieur de l'industrie du massacre, des barèmes s'établissent : pour obtenir une cuiller, il faut l'organiser, selon le terme consacré, c'est-à-dire l'échanger contre un morceau de pain. [...]

Une des chefs du camp, une *Lagerälteste*, était une ancienne prostituée du nom de Stenia, particulièrement dure avec les déportés. Mystère des êtres. Sans rien exiger en échange, Stenia vous sauve deux fois de la mort, votre mère, Milou et vous : une première fois à Birkenau en vous envoyant dans un petit commando, une seconde fois à Bergen-Belsen en vous affectant à la cuisine. À la libération des camps, elle sera pendue par les Anglais. Nous sommes en janvier 1945. L'avance des troupes soviétiques fait que votre groupe est envoyé à Dora, commando de Buchenwald. Le voyage est effroyable : le froid et le manque de nourriture tuent beaucoup d'entre vous. Vous ne restez que deux jours à Dora. On vous expédie à Bergen-Belsen.

Votre mère, épuisée, y meurt du typhus le 13 mars. Un mois plus tard, les troupes anglaises entrent à Bergen-Belsen et vous libèrent. [...] En m'adressant à vous, Madame, en cette circonstance un peu solennelle, je pense avec émotion à tous ceux et à toutes celles qui ont connu l'horreur des camps de concentration et d'extermination. Leur souvenir à tous entre ici avec vous. Beaucoup ont péri comme votre père et votre mère. Ceux qui ont survécu ont éprouvé des souffrances que je me sens à peine le droit d'évoquer. La déportation n'est pas seulement une épreuve physique ; c'est la plus cruelle des épreuves morales. Revivre après être passé par le royaume de l'abjection est presque au-dessus des forces humaines.

Vous qui aimiez tant une vie qui aurait dû tout vous donner, vous n'osez plus être heureuse. Pendant plusieurs semaines, vous êtes incapable de coucher dans un lit. Vous dormez par terre. Les relations avec les autres vous sont difficiles. Être touchée et même regardée vous est insupportable. Dès qu'il y a plus de deux ou trois personnes, vous vous cachez derrière les rideaux, dans les embrasures des fenêtres. Au cours d'un dîner, un homme plutôt distingué vous demande si c'est votre numéro de vestiaire que vous avez tatoué sur votre bras.

À plusieurs reprises, dans des bouches modestes ou dans des bouches augustes, j'ai entendu parler de votre caractère. C'était toujours dit avec respect, avec affection, mais avec une certaine conviction : il paraît, Madame, que vous avez un caractère difficile. Difficile ! Je pense bien. On ne sort pas de la Shoah avec le sourire aux lèvres. Avec votre teint de lys, vos longs cheveux, vos yeux verts qui viraient déjà parfois au noir, vous étiez une jeune fille, non seulement très belle, mais très douce et peut-être plutôt rêveuse. Une armée de bourreaux, les crimes du national-socialisme et deux mille cinq cents survivants sur soixante-seize mille Juifs français déportés vous ont contrainte à vous durcir pour essayer de sauver votre mère et votre sœur, pour ne pas périr vous-même. Permettez-moi de vous le dire avec simplicité : pour quelqu'un qui a traversé vivante le feu de l'enfer et qui a été bien obligée de perdre beaucoup de ses illusions, vous me paraissez très peu cynique, très tendre et même enjouée et très gaie. [...]

Sous l'œil ému et attentif de sa petite-fille de 15 ans,
Simone Veil a été accueillie à l'Académie française.
Pour *Elle*, Valentine raconte avec pudeur
une grand-mère pas tout à fait comme les autres.

Le 18 mars 2010, Simone Veil a été reçue à l'Académie française. Élue pour occuper le fauteuil de l'ancien Premier ministre Pierre Messmer, la femme préférée des Français est la sixième à revêtir l'habit vert – en l'occurrence un costume Chanel créé par Karl Lagerfeld et brodé par Lesage. Cet après-midi-là, sous la Coupole, aux côtés de Nicolas Sarkozy, des deux anciens présidents de la République Jacques Chirac et Valéry Giscard d'Estaing et des académiciens, assise au troisième rang, une jeune fille de 15 ans a assisté, émue, à cette cérémonie historique. Valentine Veil est l'une des sept petites-filles de l'héroïne du jour. Elle fait partie des douze petits-enfants qui, tous, avaient fait le déplacement. La dernière fille de Jean, le fils aîné de Simone Veil, a accepté de nous livrer ses impressions et de nous raconter sa grand-mère.

ELLE. Au début de son discours, votre grand-mère s'est déclarée émerveillée, et vous, qu'avez-vous ressenti ?

Valentine Veil. Moi aussi j'étais émerveillée. Et extrêmement fière aussi. La seule chose à laquelle je ne m'attendais pas, c'est que la quasi-totalité du discours de Grand-Mère portait sur Pierre Messmer. Je ne vous cache pas que j'ai trouvé ça un peu long… En revanche, j'ai adoré celui de Jean d'Ormesson. Ses petites blagues quand il parlait de la rencontre entre Grand-Mère et Grand-Père, c'était trop mignon ! Il m'a fait beaucoup rire. Mais il m'a fait pleurer aussi, lorsqu'il a parlé des moments graves de la vie de ma grand-mère.

ELLE. Vous n'avez que 15 ans, est-ce à l'Académie que vous avez réalisé que votre grand-mère était un personnage historique ?

V.V. Non. Je l'ai toujours su. La déportation de Grand-Mère et de sa famille, j'en entends parler depuis que je suis toute petite, c'est notre histoire familiale. Il y a les photos des disparus, le fait que mon père s'appelle Jean, comme le frère de Grand-Mère, qui est mort dans les camps. Plus je grandis, plus j'en apprends, mais ça fait partie de moi depuis toujours.

ELLE. En avez-vous déjà parlé avec elle ?

V.V. Non, jamais. Je veux respecter sa douleur. Je n'ose pas lui poser de questions. Il y a assez de gens qui le font. Elle en a souvent parlé devant moi, mais jamais avec moi. Son numéro sur le bras (qu'elle a fait graver sur son épée d'académicienne), j'ai toujours su ce qu'il signifiait, mes parents ont dû me l'expliquer quand j'étais plus jeune, mais je n'ai jamais eu le courage de demander à Grand-Mère de me le montrer de près. Elle ne le cache pas pourtant. L'été, en vacances, il lui arrive de se promener bras nus. Je me souviens que, petite fille, j'essayais de regarder discrètement pour lire ce numéro en entier, mais je n'ai jamais réussi. Ce n'est que ce jeudi, sous la coupole de l'Académie française, que, pour la première fois de ma vie, j'ai entendu ce numéro. J'étais très émue, je voulais absolument le retenir, mais je n'allais pas sortir mon portable pour le noter, alors j'ai passé la cérémonie à me le répéter dans ma tête pour essayer de le mémoriser. À la sortie, je l'ai inscrit dès que j'ai pu, mais, quand je l'ai comparé avec celui publié dans « Paris Match », j'ai réalisé que je m'étais trompée d'un chiffre ! Je ne pourrais pas vous expliquer pourquoi je fais une fixette sur ce symbole de l'horreur, mais c'est ainsi. J'ai presque le même âge que celui de Grand-Mère lors du drame. Quand Jean d'Ormesson a dit : « Vous aviez 16 ans », ça m'a choquée. Je n'ai pas pu m'empêcher de me demander ce que j'aurais fait à la place de Grand-Mère. Aujourd'hui encore, je sens qu'elle est habitée par cette atrocité. Je ne l'ai jamais vue pleurer en en parlant ; quand elle raconte, c'est même avec beaucoup de recul, mais je ne peux m'empêcher de penser qu'elle doit encore en faire des cauchemars.

ELLE. En 2005, soixante ans après sa libération, votre grand-mère a emmené quelques-uns de ses petits-enfants à Auschwitz. Vous aviez 10 ans, vous n'avez donc pas participé à ce voyage, mais vous en souvenez-vous ?

V.V. Oui, très bien. J'avais demandé à partir avec mes sœurs aînées, mais mon père a tranché : « Tu es bien trop petite, pas question ! » Je ne sais pas quand j'irai, ni si ce sera avec ma grand-mère, mais je suis sûre que j'irai un jour. Ce qui est certain, c'est qu'en dehors de toute religion – alors que ma mère n'est pas juive, mais en raison de la déportation qui a frappé la famille de mon père – je me sens juive.

Interview d'Anne-Cécile Sarfati, Elle, *26 mars 2010.*

Chronologie

1791 : Loi sur l'émancipation des Juifs, leur donnant le statut de citoyens français.

1894 : Condamnation d'Alfred Dreyfus.

1906 : Le jugement le condamnant est cassé par la Cour de cassation. Alfred Dreyfus est réintégré dans l'armée.

1914-1918 : Première Guerre mondiale.

1919 : • Traité de Versailles.
　　　　 • Création de la Société des nations (SDN).

1922 : • *Mariage d'André Jacob et Yvonne Steinmetz.*
　　　　 • Arrivée au pouvoir en Italie de Benito Mussolini.

1924 : *La famille Jacob s'installe à Nice.*

1926 : Rencontre entre Aristide Briand et Gustav Stresemann qui, cette même année, reçoivent le prix Nobel de la paix.

1927 : *Naissance de Simone Jacob, quatrième et dernière enfant du couple.*

1928 : Pacte Briand-Kellogg, condamnant le recours à la guerre.

1929 : *Octobre :* Krach boursier à New York, marquant le début d'une grave crise économique.

1931 : La crise économique et financière touche l'Allemagne de manière dramatique.

1932 : Aux élections législatives de juillet, le parti de Hitler (NSDAP) obtient 37 % des sièges au Bundestag.

1933 : • *30 janvier :* Adolf Hitler devient chancelier.
  • *27 février :* Incendie du Reichstag et début des mesures de répression en Allemagne (notamment ouverture des premiers camps de concentration, dont Dachau).
  • *avril :* Premières violences contre les Juifs.
  • *mai :* Premiers autodafés. Des livres d'auteurs juifs sont brûlés.

1934 : *Février :* émeutes à Paris organisées par les ligues d'extrême droite.

1935 : • *janvier :* Référendum sur le rattachement de la Sarre à l'Allemagne (90 % de Sarrois y sont favorables).
  • *mars :* Début du réarmement de l'Allemagne en violation du traité de Versailles.
  • *septembre :* Lois de Nuremberg, mettant en place le cadre juridique de l'antisémitisme.

1936 : • *mars :* Remilitarisation de la Rhénanie en violation du traité de Versailles.
• *avril-mai :* Victoire du Front populaire aux élections législatives en France.
• *juillet :* Début de la guerre d'Espagne.

1937 : • *mai-novembre :* Exposition universelle à Paris.
• *juillet :* – Ouverture du camp de Buchenwald.
– Début de la guerre sino-japonaise.
• *août :* Bombardements de Shanghaï.
• *décembre :* Massacres de Nankin.

1938 : • *mars :* Annexion de l'Autriche par l'Allemagne.
• *août :* Ouverture du camp de Mauthausen.
• *septembre :* Crise des Sudètes et accords de Munich, qui laissent à l'Allemagne les mains libres dans les Sudètes.
• *octobre :* Fin du Front populaire en France.
• *novembre :* Nuit de cristal en Allemagne, des synagogues et des établissements juifs sont vandalisés et incendiés.

1939 : • *mars :* – L'Allemagne occupe la Bohême et la Moravie, territoires appartenant à la Tchécoslovaquie.
– Fin de la guerre d'Espagne.
• *mai :* – Pacte d'acier entre l'Allemagne et l'Italie.
– Ouverture du camp de Ravensbrück.
• *août :* Pacte germano-soviétique.
• *septembre :* L'Allemagne envahit la Pologne sans déclaration de guerre. Le Royaume-Uni et la France déclarent la guerre à l'Allemagne. C'est le début de la « drôle de guerre ».

1940 : • *mai :* – Début de l'offensive allemande en Belgique, aux Pays-Bas et en France.
  – Ouverture du camp d'Auschwitz.
• *juin :* – Démission du gouvernement français, remplacé par le maréchal Pétain.
  – Appel du 18 juin du général de Gaulle.
  – Signature de l'armistice à Rethondes.
• *juillet :* Le gouvernement de Pétain s'installe à Vichy, en zone libre.
• *octobre :* – Adoption des lois portant statut des Juifs en France.
  – Ouverture d'Auschwitz-Birkenau.

1941 : • *mai :* – Obligation faite aux Juifs de la zone non occupée de porter l'étoile jaune.
  – Premières rafles contre les Juifs étrangers installés en France.
• *juin :* Le 22, l'Allemagne envahit l'URSS.
• *juillet :* Ouverture du camp de Majdanek.
• *août :* Ouverture du camp de Drancy.
• *décembre :* Après l'attaque japonaise sur Pearl Harbour, les États-Unis entrent en guerre.

1942 : • *janvier :* Conférence de Wannsee où est décidée la « solution finale ».
• *mai :* Ouverture du camp de Sobibor.
• *juillet :* – Les 16 et 17 juillet a lieu à Paris la rafle du Vél' d'Hiv'.
  – Ouverture du camp de Treblinka.
• *novembre :* Débarquement anglo-américain au Maghreb, ce qui entraîne l'invasion de la zone libre par les Allemands et l'occupation de Nice par les Italiens.
• Ouverture d'Auschwitz III (où se trouve le sous-camp de Bobrek).

1943 : • *février :* Reddition à Stalingrad de la VIe armée allemande, commandée par le général Paulus.
• *avril :* Ouverture du camp de Bergen-Belsen.
• *avril-mai :* Soulèvement du ghetto de Varsovie.
• *juillet :* Débarquement des Alliés en Sicile et, quelques semaines plus tard, arrestation de Mussolini.
• *septembre :* – Débarquement allié en Italie du Sud.
– Occupation de Nice et de sa région par les Allemands.
– Capitulation de l'Italie.
– Ouverture du camp de Dora.

1944 : • *janvier :* L'Armée rouge reprend l'Ukraine aux troupes allemandes.
• *mars : Le 30, arrestation de Simone Jacob, sa mère, sa sœur aînée et son frère.*
• *avril : – Transfèrement à Drancy le 7, puis à Auschwitz entre le 13 et le 15.*
– Premier convoi de Juifs hongrois à Auschwitz.
• *juin :* – Constitution du Gouvernement provisoire de la République française dirigé par le général de Gaulle.
– Débarquement le 6 sur les plages de Normandie.
• *juillet :* – Le 20, attentat manqué contre Hitler.
– Les Soviétiques occupent la Lituanie.
– *Simone Jacob, sa mère et sa sœur sont transférées au camp de Bobrek.*
• *août :* – Le 15, débarquement allié en Provence.
– Le 25, libération de Paris et, le 28, de Nice.
– Installation à Paris du Gouvernement provisoire.
• *décembre :* Offensive allemande dans les Ardennes.

1945 : • *janvier :* – Entrée de l'Armée rouge à Varsovie le 17.
– Le 18, ordre d'évacuation d'Auschwitz. Début des marches de la mort.

– Le 20, entrée des Soviétiques dans le camp d'Auschwitz.
– *Le 30, arrivée de Simone Jacob, de sa mère et de sa sœur au camp de Bergen-Belsen.*
- *février :* Conférence de Yalta.
- *mars : Mort de Mme Jacob le 15.*
- *avril :* Le 15, libération de Bergen-Belsen par les troupes anglaises.
  Le 30, suicide d'Adolf Hitler.
- *mai :* – Le 8, capitulation de l'Allemagne.
  – *Le 23, arrivée de Simone Jacob et de sa sœur aînée à Paris.*
- *juin :* À la conférence de San Francisco, adoption de la Charte des Nations unies.
- *juillet-août :* Procès du maréchal Pétain.
- *octobre :* Procès de Pierre Laval.

1946 : Instauration de régimes communistes dans toute l'Europe de l'Est.
- *janvier :* Démission du général de Gaulle.
- *avril :* Loi du 11 avril ouvrant la magistrature aux femmes.
- *octobre :* – *Simone Jacob épouse Antoine Veil.*
  – Début de la IVe République.

1947 : *avril :* Le général de Gaulle crée le Rassemblement du peuple français (RPF).

1949-1953 : *La famille Veil vit en Allemagne.*

1954 : *Débuts de Simone Veil dans la magistrature.*

Table

Note de l'auteur 7

Note de l'éditeur 7

UNE JEUNESSE AU TEMPS DE LA SHOAH

Une enfance niçoise 13

La nasse 39

L'enfer 69

Revivre 117

ANNEXES

Allocution du 27 janvier 2005, à l'occasion de la
  cérémonie internationale de commémoration
  du soixantième anniversaire de la libération
  du camp d'Auschwitz-Birkenau 147

Discours du 18 janvier 2007, à l'occasion de la cérémonie du Panthéon en hommage aux Justes de France 151

Discours du 29 janvier 2007, à l'occasion de la Journée internationale de commémoration dédiée à la mémoire des victimes de l'Holocauste à l'Organisation des Nations unies 157

Jean d'Ormesson reçoit Simone Veil à l'Académie française, le 18 mars 2010 171

Valentine Veil raconte une grand-mère pas tout à fait comme les autres 179

Chronologie 183

Le Livre de Poche s'engage pour
l'environnement en réduisant
l'empreinte carbone de ses livres.
Celle de cet exemplaire est de :

250 g éq. CO_2

Rendez-vous sur
www.livredepoche-durable.fr

PAPIER À BASE DE
FIBRES CERTIFIÉES

Composition réalisée par ASIATYPE

Achevé d'imprimer en octobre 2017, en France sur Presse Offset par
Maury Imprimeur – 45330 Malesherbes
N° d'imprimeur : 221593
Dépôt légal 1re publication : septembre 2010
Édition 14 – octobre 2017
LIBRAIRIE GÉNÉRALE FRANÇAISE – 21, rue du Montparnasse – 75298 Paris Cedex 06